BASTEI
LÜBBE

Taschenbücher von PETRA HAMMESFAHR
im BASTEI-LÜBBE-Programm:

19 554 Die Frau, die Männer mochte
19 560 Wer zweimal lebt, ist nicht unsterblich

Petra Hammesfahr

# Marens Lover

BASTEI LÜBBE

Kriminalroman

BASTEI-LÜBBE-TASCHENBUCH
Kriminalroman
Band 19 563

Erste Auflage: Dezember 1991


Titelfoto: Mall-Photodesign
Umschlaggestaltung: Dieter Kreuchauff
Satz: KCS GmbH, 2110 Buchholz/Hamburg
Druck und Verarbeitung: Clausen & Bosse, Leck
Printed in Germany
ISBN 3-404-19563-9

# 1

Es war ein Mittwoch Ende Februar, als Oliver zum erstenmal mit dem gefährlichsten Raubtier konfrontiert wurde, das jemals auf der Erde gelebt hat. Es wurde Scharfzahn genannt. Ein Tyrannosaurus Rex, König der Urzeit, ein Ungeheuer, das alles verschlang, was ihm vor die Füße geriet.

Hanne war mit Oliver und dessen Freund Sven Godberg im Kino gewesen. Kindervorstellung um drei Uhr nachmittags, ein Zeichentrickfilm mit dem Titel ›In einem Land vor unserer Zeit‹.

Oliver war so begeistert, daß er den ganzen Abend von nichts anderem mehr sprach. Begeistert ist vielleicht nicht der richtige Ausdruck. Er war erschüttert. Wochenlang geisterte die Geschichte durch seinen kleinen Kopf. Immer wieder fing er damit an, und mit der Zeit schmückte er sie noch ein bißchen aus.

Dachten wir jedenfalls, Hanne und ich.

Oliver ist mein Sohn, unser Sohn, fünf Jahre alt und mit einer überschäumenden Phantasie gestraft. Manche behaupten schlicht und ergreifend: Er lügt das Blaue vom Himmel. Das stimmt nicht. Es ist einfach so, daß Olli – so nennen wir ihn manchmal – seine täglichen Berichte mit ein paar effektvollen Details würzt und sich den eigenen Alltag auf diese Weise etwas farbiger gestaltet. Manchmal sucht er auch nur nach einem Sündenbock für eigene Missetaten.

Hanne und ich, wir konnten damit leben, daß ihm beim Spielen am Nachmittag ein entsetzlich großer Hund das Knie seiner neuen Hose zerfetzt hatte. Oder daß ihm kurz vor dem Schlafengehen noch etwas furchtbar Wichtiges einfiel. Das passierte mindestens dreimal die Woche. Meist waren es leicht durchschaubare und harmlose Geschichten. Kam ganz darauf an, mit welchem Spielzeug er sich tagsüber beschäftigt, welche Fernsehsendung Hanne für ihn eingeschaltet oder aus welchem Buch sie ihm vorgelesen hatte. Solche Geschichten drehten sich meist nur um den wahren Kern: Olli wollte noch nicht ins Bett.

Aber es gab auch andere, durchaus realistisch geschilderte, die auf jeden Außenstehenden bedrohlich wirken mußten. Den großen Hund eben. Oder Rockerbanden, die vormittags den Kindergarten überfallen und ein paar Einrichtungsgegenstände im Gruppenraum demoliert hatten. Rücksichtslose Autofahrer, die unseren armen Sohn mitsamt seinem nagelneuen Fahrrad ohne Stützräder in die Gosse abgedrängt hatten. Die dafür gesorgt hatten, daß er nun mit blutender Nase, aufgeschürften Knien und verbogenem Lenker heimkam.

Anfangs hatte sogar Hanne auf diese Art von Erzählungen mit heller Aufregung reagiert. Das hatten wir uns rasch wieder abgewöhnt. Hanne ist übrigens meine Frau, das heißt, verheiratet sind wir nicht. Nachdem sich die Auflösung meiner ersten Ehe über ein Jahr hinzog, ein Jahr, in dem verdammt viel dreckige Wäsche, ausschließlich meine Wäsche, gewaschen wurde, in dem ich ein kleines Vermögen an meinen Anwalt und später noch mal eins an Gerichtskosten zahlen mußte, nach dem ich mich fühlte wie der größte Schweinehund aller Zeiten, war ich in dem Punkt vorsichtiger geworden. In anderen Punkten leider nicht.

So ein anderer Punkt war Maren.

Maren spricht sich mit langgezogenem E, darauf besteht sie. Maren Koska. Und Maren war die Frau, die mich in den letzten zwanzig Jahren mehr als eine schlaflose Nacht gekostet hat. Selbst jetzt zittere ich noch, wenn nur ihr Name fällt. Wir sind zusammen zur Schule gegangen, gleich von der ersten Klasse an. Ab der dritten Klasse stand für Maren fest, daß ich der Mann ihres Lebens war.

Ich war damals etwas größer als die meisten unserer Mitschüler und hatte gerade bei einem Sportfest mit der höchsten Punktzahl für unseren Jahrgang abgeschnitten. Hinzu kam noch, daß ich, bedingt durch das ständige Training mit zwei Brüdern, aus Raufereien meist als Sieger hervorging. Und für Maren kam schon damals nur ein Sieger in Frage.

Ab der fünften Klasse gingen wir zusammen aufs Gymnasium. Sie war die Prinzessin. Allein der Name! Wer hieß damals schon Maren? Damals hießen die Mädchen Christa, Annegret oder Luise. Und die Jungs hießen Willibald, Peter oder Konrad wie ich.

Maren Koska und Konrad Metzner, da ließ sich so schön mit den Anfangsbuchstaben der Namen spielen. Später spielten wir dann mit ganz anderen Dingen.

Wegen Maren wäre ich kurz vor dem Abitur beinahe von der Schule geflogen. Wir waren in der Turnhalle erwischt worden, hatten uns dort zu eingehend mit Biologie beschäftigt, vor allem mit den Praktiken der Fortpflanzung. Sie war damals schon ein heißes Eisen, an dem man sich zwangsläufig die Finger verbrennen mußte. Ein bißchen verkorkst war sie auch und hatte einen Ruf wie Donnerhall. Die älteren Semester rümpften die Nase, ergingen sich in diffusen Warnungen. Aber das störte mich mit achtzehn nicht weiter, im Gegenteil. Es war schmeichelhaft, eine Auszeichnung erster Güte.

Marens Lover.

Unser gesamter Jahrgang begegnete mir mit Hochachtung. Wenn wir uns während der Pause draußen aufhielten, bildete sich automatisch ein undurchdringlicher Ring aus Leibern, der uns vor neugierigen Blicken schützte. Zogen wir uns in die Toiletten zurück, stand immer einer Schmiere.

Maren war unersättlich, hatte ein Vokabular, von dem allein man schon rote Ohren bekam. Während der Unterrichtsstunden schrieb sie auf kleine Zettel, wie sie sich das Programm für die nächste gemeinsame Stunde vorstellte. Da wir nicht unmittelbar nebeneinander saßen, gingen diese Zettel durch einige Hände, ehe sie mich erreichten. Wenn ich dann endlich las: ›Heute will ich Dich ganz tief in mir fühlen‹, oder: ›Heute will ich auf Deiner Flöte spielen‹, hatten das schon ein paar andere vor mir gelesen. Und die gaben sich dann während der Pause alle Mühe, wenigstens zu sehen oder zu hören, wenn sie schon nicht selbst fühlen oder spielen lassen durften.

Für Maren war das offenbar ein wichtiges Zubehör. Sie brauchte Publikum, Nervenkitzel und noch einiges mehr. Ein verwöhntes Geschöpf, dem niemals ein Wunsch abgeschlagen worden war. Und wer alles haben kann, was sich auf legale Weise beschaffen läßt, der weiß bald vor Langeweile und Überdruß nicht mehr ein noch aus. Heute ist mir das klar. Aber damals war ich zu dämlich, um es zu begreifen. Maren sagte spießig dazu.

Die Sache in der Turnhalle beendete unser Verhältnis ziemlich abrupt. Marens Vater ließ nämlich seinen Einfluß spielen und verhinderte, daß wir beide ohne Schulabschluß blieben. Was mich betraf allerdings nur unter der Bedingung, daß ich ab sofort die Finger und alles andere von seiner Tochter ließ.

Wollte ich auch, ich stand wohl unter einer Art Schock und war im ersten Augenblick zu allem bereit. Da hätte mir mein Vater gar nicht erst diesen endlosen Vortrag halten müssen. Von wegen: ›Schuster, bleib bei deinen Leisten.‹

Der alte Koska war Bauunternehmer, ein reicher und

angesehener Mann in der Stadt. Maren war seine einzige Tochter. Und für die hatte er natürlich etwas Besseres im Sinn als mich, den zweitjüngsten Sohn eines Schlossermeisters, der bei Ford am Fließband stand, der mit Frau und drei Söhnen in einer engen Mietwohnung hauste und sich Zeit seines Lebens krumm gelegt hatte, damit die Kinder eine vernünftige Ausbildung bekamen und es einmal besser hatten.

Zu allem Überfluß gehörte Koska auch noch der Wohnblock, in dem mein Vater für drei Zimmer, Küche, Diele und ein winziges Bad Miete zahlte. Und Koska drohte tatsächlich damit, die gesamte Familie Metzner an die frische Luft zu setzen, falls das zweitjüngste Mitglied noch einmal Anlaß zu Klagen gab.

Damals fing es an mit den schlaflosen Nächten.

Es war ein Weltuntergang. Man muß sich das vorstellen: die erste Frau in meinem Leben. Und was für eine. Es gab kein Tabu, über das Maren sich nicht mit einem Lächeln hinweggesetzt hätte.

Seit sie zum erstenmal ihr Höschen für mich ausgezogen hatte, hatte ich mit ihr eine Art sexten Himmel auf Erden gehabt, zweimal täglich mindestens. Und damit es nicht eintönig oder langweilig wurde, probierte Maren sämtliche damals bekannten Praktiken aus und erfand gleich noch ein paar neue dazu.

Oft hatte ich schon vor Schulbeginn nach allen Regeln der Kunst entspannen dürfen. Dann kam die große Pause, in der Maren ihren Teil einforderte, wobei ich natürlich ebenfalls auf meine Kosten kam. Und gleichzeitig lernte ich noch eine Menge über weibliche Anatomie und die diversen Handgriffe, mit denen man eine Frau zum Höhepunkt bringen kann. Nachmittags sah die Sache nicht ganz so rosig aus, aber die Vormittage . . .

Und plötzlich saß ich sechs Stunden lang zwei Plätze hinter ihr und durfte sie nicht mehr anfassen, von anderen Dingen völlig zu schweigen. Die ganze Zeit hatte ich nur ihr Haar vor Augen, weißblond, gelockt, hüftlang. Eine unwahrscheinliche Mähne.

Sechsmal die Woche sechs Stunden in ihrer Nähe, mit der Erinnerung an die Turnhalle und das Mädchenklo und mit der Gewißheit, daß es vorbei war. Diese Gewißheit war ein kleiner Tod. Natürlich hätte es Möglichkeiten gegeben. In aller Heimlichkeit, in verschwiegenen Winkeln. Aber das war nicht ganz nach Marens Geschmack. Und sie konnte mir nicht verzeihen, daß ich mich von ein paar alten Männern einschüchtern ließ.

Für sie war ich plötzlich weniger als Luft. Und um mir das deutlich zu machen, flirtete sie hingebungsvoll mit dem dicken Müller, dem ekelhaftesten Widerling, der nicht zu Unrecht den Spitznamen Porky trug. Während der großen Pause blätterte sie gemeinsam mit ihm in Pornoheftchen. Ob sie die Abbildungen auch in natura mit ihm nachstellte, weiß ich nicht. Aber die bloße Phantasie machte mich damals halb wahnsinnig. Vor allem, als Maren sich dann noch mit Porky für ein Wochenende in der Eifel verabredete. Ich stand direkt daneben. »Mein Vater hat ein kleines Haus da, in der Nähe von Nideggen. Da könnten wir es uns gemütlich machen, Willibald.«

Während des Unterrichts zeigte sie mir hin und wieder ein Stückchen Profil, wenn sie sich ihrer Banknachbarin zudrehte, um sich bei der ein wenig Unterstützung zu holen. Eine Leuchte war Maren bestimmt nicht. Aber sie war schon mit achtzehn eine Frau, die einen Mann um den Verstand bringen konnte.

Und so lag ich dann nachts im oberen Etagenbett, von Kopf bis Fuß zu Stein geworden, einen Ring aus glühendem Eisen um die Brust und in der Kehle einen Schmerz, der wie eine geballte Faust hin und her schlug. Ich wartete nur darauf, daß mein jüngerer Bruder endlich einschlief. Der ältere war damals beim Bund und schlief nur noch am Wochenende daheim. Und wenn ich unter mir die ersten Schnarchtöne hörte, legte ich los. Heulte Rotz und Wasser in das Kopfkissen.

Zuerst überlegte ich noch, wie ich den alten Koska, den Verursacher allen Übels, am besten aus der Welt schaffen, wie ich zumindest dem dicken Müller auf drastische Weise klarmachen konnte, daß er in meinem Revier wilderte. Später reichte meine Energie nicht einmal mehr für solche Gedanken. Gott, tat das weh. Es tat so weh, daß ich mir allen Ernstes überlegte, ob die Sache nicht ihren Preis wert sei. Abgebrochene Schulausbildung plus Obdachlosigkeit gegen Maren Koska.

Was mich damals bewog, das Abitur und das Dach über dem Kopf meiner Familie weiteren Orgien vorzuziehen, war nicht etwa Vernunft oder Einsicht, es war nur mein älterer Bruder. Er nahm sich einen ganzen Sonntag Zeit für ein ausführliches Gespräch unter Männern. Dabei ging es hauptsächlich um weißblonde Gifte, die einem Mann das Blut völlig verseuchen können, vor allem, wenn er erst achtzehn ist.

Mein Bruder brachte seine gesamte zwanzigjährige Lebenserfahrung in das Spiel um meinen Seelenfrieden. Er erzählte grauenhafte Geschichten, die er angeblich mit eigenen Augen gesehen, die er zumindest von überaus glaubwürdigen Zeugen gehört hatte. Maren Koska im Gebüsch neben dem Fußballplatz, nachmittags, zu einer Zeit wohlgemerkt, in der ich mich noch für ihren Einzigen hielt. Neben Maren gleich zwei andere. Wohl etwas älter als ich, gleicher Jahrgang wie mein Bruder. Und einer hing über Marens Gesicht, ließ sie nach Lust und Laune musizieren, während der zweite . . .

An dieser Stelle winkte mein Bruder ab. »Das erspar

ich dir lieber. Du kannst dir denken, womit er sich beschäftigte.«

Natürlich glaubte ich ihm kein Wort. Aber zusätzlich machte er eine Art Liste, nach Lebensjahren und Erfahrungen gestaffelt. Mit achtzehn verliert der Mann seinen Verstand, mit neunzehn seine Unabhängigkeit, mit zwanzig seine Zukunftsaussichten und später dann noch seine Selbstachtung.

Das habe ich noch im Kopf, als wäre es gestern gewesen. Und jetzt muß ich vielleicht noch einen weiteren Punkt auf diese Liste setzen. Mit achtunddreißig verliert der Mann seinen Sohn. Halt, zwei Punkte, den Sohn und die Frau, die er liebt. Ich darf nicht darüber nachdenken.

Maren Koska und Konrad Metzner. Gier und Raserei, das ewige Spiel mit dem Feuer. Und eine schmutzige Geschichte, die zwei Menschen das Leben kostete. Genaugenommen waren es sogar mehr als zwei, aber da ist auch einer dabei, den bezeichne ich nicht als Menschen.

Und dabei begann es so harmlos.

Zuerst war es nur eine von Olivers üblichen Geschichten, das Märchen von Scharfzahn Rex, dem Ungeheuer, dem er im Kino begegnet war. Als er mir an dem Mittwoch im Februar davon erzählte, sprach er nur von einem Zeichentrickfilm. Und wochenlang hörte ich nichts anderes, als daß ein Tyrannosaurus Rex – die lateinische Artbezeichnung hatte er von Hanne, und sie gefiel ihm so gut, daß er schließlich nur noch Rex sagte – Langhälse, Breitmäuler und Dreihörner über die Leinwand gejagt hatte. Hatte die Mutter von Littlefoot, dem Langhalsbaby, auf dem Gewissen.

Natürlich tauchte Rex anschließend auch einmal im Kindergarten auf, machte Jagd auf kleine Jungs, biß die Gruppenleiterin in den Arm und vergrub den mitgebrachten Apfel eines Mädchens, das von unserem Sohn und seinem Freund Sven Godberg als Heulboje bezeichnet wurde und das auch sonst niemand leiden mochte, in der Sandkiste.

Als Oliver dann Ende März mit seinen diffusen Andeutungen begann, die sich schließlich nur noch um die Tatsache drehten, daß Rex sich die Mutter von Sven Godberg geholt hatte, um sie an einem stillen Ort in Ruhe fressen zu können, habe ich ihm gar nicht mehr richtig zugehört.

Zu dem Zeitpunkt hatte ich andere Sorgen. Da hatte ich Maren Koska wiedergesehen.

Nicht nur gesehen. Denn ich war in den vergangenen zwanzig Jahren nicht klüger geworden.

Die Einladung kam ein paar Tage nach Olivers Besuch im Kino. Als ich heimkam, lag sie auf dem Fernseher. Hanne legt meine Post immer auf den Fernseher. Da sehe ich sie gleich, wenn ich zur Tür reinkomme.

Eine Einladung zum Klassentreffen, das erste nach zwanzig Jahren. Zwei ehemalige Mitschüler hatten das Ganze geplant und alles Notwendige in die Wege geleitet. Sie hatten sich wirklich sehr viel Mühe gegeben und viel Zeit investiert.

Unser Abiturjahrgang war in alle Winde verstreut. Nur drei von uns waren in der Stadt geblieben, die beiden Initiatoren und ich. Einen haben sie in Australien ausfindig gemacht. Er kam allerdings nicht, wahrscheinlich war ihm der Flug zu teuer. Offiziell entschuldigt hatte er sich mit mangelnder Zeit.

Na ja, bei mir hatten sie keine Mühe mit dem Suchen. Ich war nach meiner Scheidung vor neun Jahren vorübergehend wieder bei meinen Eltern eingezogen. Dort war ich auch immer noch gemeldet, obwohl Hanne und ich seit Olivers Geburt eine gemeinsame Wohnung besaßen, die jedoch nur auf Hannes Namen lief.

Meine Post jedenfalls kam immer noch bei meinen Eltern an. Da sie nur drei Straßen von uns entfernt wohnen, brachte meine Mutter sie meist im Laufe des Nachmittages vorbei.

Aber absagen wollte ich auch, wirklich und wahrhaftig. Nicht unbedingt wegen Maren. In dem Punkt hielt ich mich inzwischen für resistent. Ich hatte einfach keine Lust, einen ›gemütlichen Abend im Kreise ehemaliger Mitschüler‹ zu verbringen. Es wäre nicht einmal ein Problem gewesen, abzusagen. Ich hätte einen Bereitschaftsdienst als Vorwand nehmen können. Das ist glaubhaft bei einem Kripobeamten.

Schon als ich die Einladung aus dem Kuvert zog, als ich den Briefkopf las und beim ersten Namen augenblicklich ein zerfleddertes Pornoheftchen vor Augen hatte, über das Maren sich mit lüstern hingebungsvoller Miene beugte, als ich sie fragen hörte: »Sag mal, Willibald, wenn ein Mann so dick ist wie du, ist er dann überall so? Du weißt schon, was ich meine, auch an der gewissen Stelle?« verging mir die Lust an diesem Treffen.

Sie hatte ihn aufgezogen, natürlich hatte sie das. Sie konnte sich nicht wirklich mit so einem Fettwanst abgegeben haben. Sie hatte ihn heiß gemacht, bis ihm die Spucke im Hals verdampfte, und dann Feierabend. Aber warum war sie dann nach Schulschluß auf den Sozius seiner Kreidler Florett gestiegen? Eine Wolldecke unter dem einen Arm, und den andern um seinen Schwabbelbauch geschlungen?

Ich legte keinen gesteigerten Wert darauf, den dicken Müller wiederzusehen. Nicht nur wegen Maren. Porky saß inzwischen in der Stadtverwaltung, Amt für sozialen Wohnungsbau. Kurz vor Olivers Geburt hatte Hanne sich bei ihm um eine Wohnung bemüht. Er kümmerte sich dann auch sehr intensiv darum, nicht um die Wohnung, um Hanne. Sie hat es ohne seine Hilfe geschafft, den

Mietvertrag zu ergattern. Drei helle, geräumige Zimmer, Küche und Bad, ein langer, schmaler Flur.

Und eines schönen Abends kam ich heim, und wer saß in unserem Wohnzimmer? Wem klappte das halbe Gesicht nach unten, als ich plötzlich in der Tür stand? Schweinchen Dick! Da kam er dann ächzend von der Couch hoch, brabbelte etwas von Überraschung und nicht ahnen können und Glückspilzen, die sich immer die süßesten Rosinen aus dem Kuchen pickten. Sein blödes Gesicht sehe ich heute noch vor mir. Er bekam den Mund gar nicht mehr zu. Seitdem schauen wir geflissentlich aneinander vorbei, wenn wir uns zufällig in der Stadt begegnen.

Das war Punkt eins. Punkt zwei war die Anrede:

›Lieber Konni!‹

Seit Jahr und Tag hatte mich kein Mensch mehr Konni genannt. Die letzte, die das getan hatte, war Maren gewesen. An dem Tag vor neun Jahren, als ich sie zum letztenmal sah. In dem kleinen Hotelzimmer in Köln, wo ich mich monatelang regelmäßig mit ihr getroffen hatte. Wo ich dem Wahn verfallen war, daß letztlich zueinander findet, was füreinander bestimmt ist. Bis Maren mir die Hand auf den Arm legte, bis sie mir klarmachte, »Du mußt das verstehen, Konni.«

Und verstehen mußte ich, daß ich als sogenannter freier Mann nur noch die Hälfte wert war. Da fehlte einfach der Reiz. Ein verheirateter Konrad Metzner, der sich die Stunden mit ihr irgendwo zusammenstehlen mußte. Der seine Frau nach Strich und Faden belog und auch einmal rabiat wurde, wenn Maren ihn versetzte. Trotz des Aufwands, den er betrieben hatte, um zu beweisen, daß er in all den Jahren nichts vergessen hatte. Daß er immer noch in der Lage war, selbst eine Frau, die alles kannte und sich von vielen gelangweilt fühlte, in ein willenloses, seufzendes Bündel zu verwandeln. Der Konrad Metzner war genau der Richtige, der Einzige, der Beste.

Aber der arme Trottel, der da mit einer Flasche Sekt unter dem Arm ins Hotelzimmer stürmte, der freudestrahlend verkündete: »Ich habe die Scheidung eingereicht.« Der war nur noch die halbe Miete. Mochte er betteln und winseln. Sie rekelte sich derweil auf dem Laken, rauchte eine Zigarette und starrte gelangweilt zur Zimmerdecke hinauf.

»Du mußt das verstehen, Konni.«

Ich verstand es nicht und ging anschließend durch die Hölle. Meine Ehe war ruiniert, keine Aussicht auf Versöhnung, nur noch dreckige Wäsche. Und Maren flog auf der Suche nach Siegern durch die Welt. Monatelang war ich richtig krank. Dann lernte ich Hanne kennen, gerade Anfang Zwanzig, frisch und unkompliziert, selbstbewußt und natürlich. Die geborene Zuhörerin für Leute, denen man das Herz aus dem Leib gerissen hat. An Hannes Seite erholte ich mich langsam. Und jetzt lag das alles weit hinter mir. Und ich wollte nicht daran erinnert werden, weder an den dicken Müller und seine Pornoheftchen oder seinen Einfluß bei der Vergabe von Mietwohnungen noch an Maren, ihre Sinnlichkeit oder ihre Art, Rache zu üben.

Ich überflog die Einladung. Samstag, 24. März, 20 Uhr im kleinen Saal des Lokals ›Kamier‹. Ich dachte kurz, ohne mich, Freunde, da fiel mir das Bild in die Hände. Ein Foto in Postkartengröße, es hatte zwischen dem gefalteten Brief gesteckt. Unsere Klasse bei der Abiturfeier. Maren vorne in der ersten Reihe, im hellblauen Spitzenkleid. Der Rock von einem kräftig gestärkten Petticoat gebauscht, das Oberteil so eng, daß man auf den Atemzug wartete, der es sprengen mußte.

Sie lächelte mich an. Es war exakt dieses Lächeln, das man der Sphinx nachsagt oder der Mona Lisa. Damals hatte sie mir einen langen Blick zugeworfen, bevor sie zur Toilette ging. Ich war natürlich hinterher. Maren streifte das Oberteil ab, Maren hob den bauschigen Rock. Unterwäsche trug sie nicht. Und mit einem Gesicht wie aus Eis gemeißelt erklärte Maren: »Schau es dir gut an, Konni. Das sind Sachen, die du nie wieder anfassen wirst.«

Jetzt lächelte sie, sagte irgendwo in meinem Kopf »Du mußt das verstehen, Konni.« Allein dabei spürte ich die Gänsehaut, dieses Prickeln im Rücken, das halb aus Furcht und halb aus Gier besteht. Und ich wußte genau, was ich zu tun hatte. Ein Blatt Papier nehmen, einen Kugelschreiber, mich an den Tisch setzen und anfangen:

*Liebe Freunde,*

*es tut mir außerordentlich leid, daß ich nicht . . .*

Und so weiter. Aber dann dachte ich, daß ich es Peter Bergmann auch persönlich sagen konnte. Peter Bergmann war der zweite Name im Briefkopf, außerdem ist er Leiter der Sparkassenfiliale, bei der ich mein Konto habe. Ich sah ihn häufiger. Und ich wollte die Sache gleich aus der Welt haben, bevor ich es mir noch anders überlegen konnte.

Freitags schaffte ich es gerade noch vor Schalterschluß. Peter war mehr als enttäuscht, als ich ihm meinen Wochenenddienst auftischte. »Kannst du den Dienst denn nicht tauschen?« Dann erzählte er mir, daß bereits fünf abgesagt hätten, von dreien hätten er und der dicke Müller erst gar nicht die Anschrift ausfindig machen können. Sieben weitere hätten sich bislang nicht gemeldet.

Und Maren Koska . . .

So direkt nach ihr fragen wollte ich nicht. War auch nicht nötig. Peter grinste plötzlich von einem Ohr bis zum anderen. »Deine alte Flamme wird übrigens auch durch Abwesenheit glänzen. Sie lebt jetzt in Hamburg. Die Fahrt ist ihr zu weit. Eigentlich schade.«

Sein Grinsen wurde noch um eine Spur breiter. »Ein paar haben angefragt, ob ich Wetten auf euch beide annehme.«

Er lachte meckernd, dann schlug er mir kameradschaftlich auf die Schulter. »Nichts für ungut, Konni. Überleg es dir und sieh zu, daß du deinen Dienst tauschen kannst.«

Ich war erleichtert und gleichzeitig wahnsinnig enttäuscht. In Hamburg also. Und bestimmt nicht alleine. Obwohl ich mich gar nicht damit beschäftigen wollte, drängte sich mir das Bild eines Herkules auf. So eine Art Silvester Stallone oder Arnold Schwarzenegger, dem Maren nun das Mark aus den Knochen saugte.

Ich versprach Peter, zu tun, was sich machen ließ. Und dann legte ich die Sache erst einmal zu den Akten. Bis zum 24. März waren es noch ein paar Wochen.

Relativ ruhige Wochen. Privat waren alle Wochen ruhig, seit ich mit Hanne zusammenlebte. Sie ist eine von den Frauen, die selbst beim Weltuntergang noch die Police der Hausratsversicherung heraussuchen, bevor sie die Wohnung verlassen. Ich habe in den sieben Jahren mit ihr nicht einmal erlebt, daß Hanne die Nerven verlor, daß sie laut wurde oder aus irgendeinem Grund beleidigt war.

Beruflich lag auch nichts Besonderes an. Einbruchsdezernat in der Provinz, da gibt es keine spektakulären Fälle zu klären. Seit November letzten Jahres versuchten wir uns hauptsächlich an der Aufklärung einer regelrechten Serie von Einbrüchen in Privathäuser. Gestohlen wurde ausschließlich neuwertige Unterhaltungselektronik. Videorecorder, Farbfernseher, Stereoanlagen, Heimcomputer und dergleichen.

Ich hatte zwei Männer für diese Sache abgestellt. Jochen Becker, ein Mann in meinem Alter, mit dem ich schon seit Jahren zusammen bin und mich auch privat gut verstehe, und einen jungen Kriminalmeister, Andreas Nießen, der frisch von der Schule kam und dementsprechend engagiert war. Zuerst hatte er es wohl als Auszeichnung empfunden, gleich an einem größeren Fall mitarbeiten zu dürfen, aber inzwischen war unser Andy sichtlich frustriert.

Zehn Einbrüche, über den ganzen Kreis verteilt, jeweils an einem Wochenende, keine verwertbaren Spuren, keine aufmerksamen Nachbarn, nichts. Profis, die ganz genau wußten, wer gerade sein Wohnzimmer fabrikneu ausgestattet hatte, und offenbar über ein Arsenal von passenden Haustürschlüsseln verfügten. Jochen und Andy hatten die Schlüsseldienste abgeklappert, nach Informanten in den entsprechenden Geschäften gesucht. Jetzt bestand ihre Arbeit im wesentlichen darin, eine Liste der gestohlenen Gegenstände aufzustellen, damit die Versicherung anschließend auch zahlte.

Am 12. März, einem Montag, wurde uns ein weiterer Einbruch in ein Einfamilienhaus gemeldet. Der Hausbesitzer hieß Alexander Godberg. Deshalb, und weil den Beamten von der Schutzpolizei ein paar Dinge merkwürdig vorkamen, fuhr ich selbst mit hinaus nach Kerpen.

Alexander Godberg, von allen nur Alex genannt, ist der Vater von Sven. Und Sven, das erwähnte ich schon, ist Olivers bester Freund. Seit dem Tag vor gut einem Jahr, als sie sich zum erstenmal im Kindergarten gegenüberstanden und beide noch ängstlich und scheu die neue Lage einzuschätzen versuchten, waren die beiden unzertrennlich. Ich weiß nicht, wie viele Nachmittage mein Sohn bereits im Haus der Godbergs verbracht hatte. Oft war er sogar am Wochenende dort, durfte bei Sven schlafen, mit Sven essen, was den Appetit ungeheuer förderte. Ich selbst war noch nicht dort gewesen. Da die Godbergs am anderen Ende der Stadt wohnen, fuhr Hanne ihn hin und holte ihn ab. Ich kannte das Haus und den Garten, Tante Ella und den Papa von Sven nur aus Olivers Erzählungen.

Das Haus der Godbergs liegt am Ende einer Straße, die unvermittelt in einen unbefestigten Feldweg übergeht. Eine stille Straße, nur ein paar Häuser, kaum einmal ein geparkter Wagen am Straßenrand. Wer hier wohnt, fährt sein Auto immer gleich in die Garage.

Vor dem Haus gepflegter Rasen, ein paar Ziersträucher, direkt am Haus ein Stück frisch geharkter Erde mit winzigen Stecklingen darin. Bei einem der seitlichen Kellerfenster gab es ein paar deutliche Fußabdrücke. Glatte, spitz zulaufende Sohlen, für einen Männerschuh auffallend hohe Absätze, schätzungsweise Schuhgröße 42. Vor dem Fenster ein Schacht, darüber ein Abdeckgitter, das von innen mit einem Schloß gesichert gewesen war. Das Schloß war geknackt, das Gitter ausgehebelt worden. Der Schacht führte in einen Vorratsraum, Gefriertruhe in der Ecke, ein paar Regale mit Konserven darauf, ein Kasten mit Limonade neben der Tür. Auf dem Kellerboden fand sich dann noch eine blutverschmierte Glasscherbe.

Jochen schüttelte den Kopf.

»Sieht eher nach einem Anfänger aus.«

Aber ein Anfänger hätte bei den Godbergs zusammengerafft, was sich packen ließ, denn da ließ sich eine Menge packen. Ich wußte nicht, was Godberg beruflich machte. Aber für ihn schien es sich auszuzahlen. Die Familie war, wie wir von der Putzfrau, einer jungen Türkin, die den Einbruch entdeckt und zuerst einmal die Kollegen von der Bereitschaftspolizei alarmiert hatte, erfuhren, über das Wochenende verreist. Wohin wußte sie nicht, aber sie würden im Laufe des Tages zurückkommen. Bis dahin hatten wir Zeit genug, uns gründlich umzusehen.

Da hingen ein rundes Dutzend Pelzmäntel und Jacken in den Schränken. Die Fußböden waren gleich dreifach belegt. Und ein gutes Dutzend Perser, Berber, oder wie immer man diese Fußabtreter sonst noch nennen mag, lagen zusammengerollt in einem Kellerraum.

Dieser Kellerraum erwies sich als eine wahre Fundgrube. An zwei Wänden gab es Regale, vollgestellt mit allem möglichen Kram. Besteckkästen, deren Inhalt teilweise aus massivem Silber bestand oder zumindest eine echt goldene Auflage hatte. Silberne Krüge, Pokale und weiß der Teufel, was sonst noch. Allerdings bekamen wir keinen einzigen Videorecorder zu Gesicht. Ein Fernsehgerät gab es nur oben im Wohnraum, ein kleiner Heimcomputer stand im Arbeitszimmer des Hausherrn.

Der Kellerraum war verschlossen gewesen, doch der Schlüssel steckte außen. Im Erdgeschoß standen sämtliche Zimmertüren offen, bei den Schränken jedoch war nicht einmal ein Schubfach aufgezogen. Es hingen etliche Bilder an den Wänden, hinter einem davon, im Arbeitszimmer des Hausbesitzers, ein kleiner Tresor, unversehrt. Und wenn uns das Bild aufgefallen war, war es dem ungebetenen Gast gewiß auch nicht entgangen.

Mit Ausnahme des aufgehebelten Gitters, der Fußabdrücke, der Glasscherbe und des zerbrochenen Kellerfensters sah nichts im Haus nach einem Einbruch aus. Ich ließ ein paar von den auffälligeren Gegenständen fotografieren. Jochen unterhielt sich eine Weile mit der jungen Türkin. Sie sprach ein ausgezeichnetes Deutsch, nur konnte sie uns leider nicht viel sagen. Sie war erst seit ein paar Wochen für die Godbergs tätig, weil Ella Godberg sich einen komplizierten Armbruch zugezogen hatte, und kam an zwei Vormittagen in der Woche, um die gröberen Arbeiten zu erledigen. Ob jetzt etwas fehlte? Sie zuckte nur mit den Achseln. Jochen notierte ihr unsere Telefonnummer mit der Bitte, Herr Godberg möge sich umgehend mit uns in Verbindung setzen. Dann fuhren wir zurück.

»Was hältst du davon?« fragte Jochen.

Aber das mußte ich ihm nicht lange erklären. Wir waren der gleichen Meinung; Godbergs Haus war vollgestopft mit Hehlerware. Und mein Sohn ging dort ein und aus. Jochen fand es köstlich.

Schon am frühen Nachmittag meldete sich Alex Godberg in unserem Büro. Ein auf den ersten Blick sympathischer Mann mit einem jungenhaften Charme, höchstens Anfang Dreißig, Lachfältchen um die Augen, ein Grübchen am Kinn. Er wirkte nicht wie der große Drahtzieher im Hintergrund. Aber wem steht schon auf der Stirn geschrieben, was er treibt. Godberg behauptete nachdrücklich, ihm sei nichts gestohlen worden.

Das Warenlager in seinem Keller . . .

Er druckste ein wenig herum, erklärte dann, er habe diese Sachen für Freunde in Verwahrung genommen. Zum Beweis nannte er uns sogar ein paar Namen. Wir möchten das doch bitte überprüfen. Seiner Meinung nach handelte es sich um einen dummen Scherz, Jugendliche vielleicht, möglicherweie eine Art Mutprobe. Eine Anzeige hielt er für überflüssig, unterschrieb mit sichtlichem Widerwillen.

In der Zwischenzeit waren die Fotos bereits entwickelt worden. Pelzmäntel, Teppiche, Bilder, ein paar von den Pokalen. Andy schickte die Abzüge ans LKA. Er kam sich sehr wichtig dabei vor, war nur sauer, weil er nicht dabei gewesen war. Jochen wollte sich gleich am nächsten Tag um die Leute kümmern, deren Namen uns Godberg genannt hatte. Zwei davon lebten im Kreis. Bei zwei weiteren mußten wir die Kollegen an den jeweiligen Wohnorten um Amtshilfe bitten.

Abends versuchte ich von Hanne etwas über die Godbergs zu erfahren. Sie hatte mir häufiger erzählt, daß sie mit Svens Mutter einen Kaffee getrunken habe. Und den hatte sie ja bestimmt nicht an der Haustür stehend serviert bekommen.

Aber Hanne wußte nicht genau, was Godberg beruflich machte. Er war viel unterwegs, meist am Abend und am Wochenende. Auf seinen Visitenkarten stand ›Anlage- und Vermögensberater‹. Und im Keller der Godbergs war Hanne verständlicherweise noch nie gewesen.

Doch sie hatte sich im Laufe der Zeit mit Ella Godberg angefreundet. Hatte sich darüber hinaus aus ein paar Andeutungen von Godbergs Frau einiges zusammengereimt. So rosig wie auf den ersten Blick schien es um die Finanzlage der Familie nicht bestellt. »Die sind häufig knapp bei Kasse«, sagte Hanne.

Erst vor ein paar Tagen, zum Monatsbeginn, hatte sie ein Gespräch zwischen Ella Godberg und der Leiterin des Kindergartens mitbekommen. Die Godbergs waren um zwei Beiträge im Rückstand. »Du gibst doch zu«, sagte Hanne, »daß sie die lumpigen vierzig Mark zahlen würden, wenn sie im Geld schwimmen.«

Mittwoch waren wir bereits etwas klüger. Da erfuhren wir immerhin, wo Alex Godberg seinen Beruf ausübte. Seine Beratung in Sachen Anlage und Vermögen führte er hauptsächlich in Spielkasinos durch. Er verlieh kurzfristig Geld an Leute, die danach aussahen, daß sie es ihm mit Zinsen zurückzahlen konnten. Wenn seine Kunden viel Glück hatten, erledigte sich wohl auch die Rückzahlung an Ort und Stelle. Im anderen Fall nahm er zur Sicherheit meist Schmuckstücke oder Pelze. Nahm man seine Dienste außerhalb eines Kasinos in Anspruch, nahm er zur Sicherheit auch Teppiche, Besteckkästen und dergleichen.

Alles in allem nicht unbedingt eine kriminelle Tätigkeit und vielleicht eher eine Sache für das Finanzamt als für die Kripo. Wobei nirgends geschrieben stand, daß Godberg seine Einnahmen nicht ordnungsgemäß versteuerte, was ich mir allerdings nur schwer vorstellen konnte.

Was es da sonst noch zu ermitteln gab, überließ ich

Jochen. Es ist ein zwiespältiges Gefühl, in den Angelegenheiten von Leuten herumwühlen zu lassen, von denen man täglich beim Abendessen hört, daß sie so nett sind, gebildet, freundlich, kinderlieb und weiß der Teufel, was sonst noch. Hanne erkundigte sich regelmäßig, und ich setzte regelmäßig die Miene auf, die jede Frage verstummen ließ. Laufende Ermittlungen.

Bis zum Ende der Woche hatte Jochen eine Menge erfahren. Allem Anschein nach hatte sich Alex Godberg doch auf krumme Wege begeben. Da war von Ärger mit einem Kunden die Rede.

Einer seiner Nachbarn hatte sich des Nachts über Lärmbelästigung beschweren müssen, als zwei nicht zu identifizierende Männer Godbergs Auto demolierten. Die Anzeige wegen Ruhestörung lag bei der Wache vor. Eine Anzeige wegen Sachbeschädigung gab es allerdings nicht. Und dann ging es auch noch um zweifelhafte Kontakte, irgendwoher mußte schließlich auch Godberg das Geld nehmen.

Der 24. März rückte näher. Inzwischen sah ich ihm gelassen entgegen. Freitags mußte Hanne arbeiten. Sie ist als sogenannte Ultimokraft bei der Kreissparkasse beschäftigt, drei volle Tage im Monat, in der gleichen Filiale wie Peter Bergmann. Während dieser Zeit wird Oliver von meinen Eltern betreut. Hanne war bereits daheim, als ich kam, Oliver spielte in seinem Zimmer.

»Bergmann hat gefragt, ob du morgen auch wirklich kommst«, begrüßte mich Hanne. »Und ich soll dir ausdrücklich ausrichten, es steht nun fest, daß es leider keine Musik gibt.«

Dieser Idiot! Aber Hanne nahm den Satz, so wie er ausgesprochen wurde, und stellte keine Fragen. Mir war trotzdem die Lust am Klassentreffen endgültig vergangen, und sonderlich groß war sie ja auch vorher nicht gewesen.

Wir sprachen noch darüber. Hanne verstand nicht, was ich dagegen hatte, ein paar alte Freunde wiederzusehen. »Ich würde mich riesig freuen«, meinte sie, »wenn meine alte Klasse mal so was veranstaltete.«

Aber dann ging ihr anscheinend doch ein Licht auf. »Wird sie auch da sein?«

»Sie hat abgesagt«, erwiderte ich so beiläufig wie möglich. Hanne nickte nur, weder erleichtert noch beruhigt, einfach so. Wie ein Mensch, der sich in seiner Position absolut sicher fühlt. Und samstags meinte Hanne: »Hingehen kannst du doch. Und wenn du erst mal da bist, gefällt es dir bestimmt.«

Das gab den Ausschlag. Ich ließ den Wagen stehen, es waren nur ein paar Minuten Fußweg bis zum ›Kamier‹. Gegen halb neun betrat ich den Saal. Ich war fast schon der letzte. Sie standen alle noch in Grüppchen beisammen, und zuerst gab es ein großes Hallo.

Von den Frauen erkannte ich einige auf Anhieb wieder, bei anderen setzte die Erinnerung auch dann nicht ein, als sie ihren Mädchennamen nannten. Ein paar hatte ich überaus zierlich in Erinnerung und sah mich jetzt fülligen Matronen gegenüber. Bei den Männern war es nicht viel anders. Stattliche Figuren sagt man dazu, Bierbauch und Doppelkinn. Und immer wieder das Schulterklopfen.

»Konni Metzner, Mensch, du hast dich überhaupt nicht verändert. Dich habe ich auf Anhieb wiedererkannt.«

Ich kam mir ein bißchen blöd vor, der Oberprimaner im Kreis der Manager und Macher, aber das legte sich, als das Essen aufgetragen wurde. Es gab gutbürgerliche Küche, überall begannen die ersten Unterhaltungen im kleinen Kreis. Ein paar von den Männern protzten mit ihren Positionen. Doktor sowieso, Direktor, Oberarzt. Ein paar von den Frauen übertrumpften sie mit den Berufen ihrer Männer. Professor für Nuklearmedizin, Generaldirektor bei den Sowieso-Werken.

Peter Bergmann hielt sich an meiner Seite, machte mich mehrfach verstohlen auf den dicken Müller aufmerksam, der sich unter der Hand zum Amtsleiter beförderte und seine Zuhörer mit der Tatsache unterhielt, daß er auf technischem Gebiet ein Genie war. War er doch gerade dabei, einen VW-Transporter in einen Campingwagen umzufunktionieren. Wassertank auf dem Dach, Schlafplätze für zwei Personen, Gaskocher und so weiter. Mit solch einem Fahrzeug war man absolut unabhängig, nicht angewiesen auf Campingplätze.

Müller plante eine Abenteuerreise quer durch die Republik und ließ sich auch noch ausführlich über einen Sonnenuntergang in der Bickelsteiner Heide aus. Da brauchte man natürlich was Schnuckeliges zum Mitreisen, diesbezüglich war er anscheinend noch auf der Suche. Wir waren beim Dessert, als Peter mir plötzlich auf den Oberschenkel schlug.

»Dreimal darfst du raten, wer mich heute nachmittag angerufen hat.« Ich mußte nicht raten, ihr Name zog sich mit dem Grinsen quer über sein Gesicht. »Sie ist zufällig in der Nähe und will vielleicht doch mal reinschauen«, erklärte Peter.

Ich war ganz ruhig, wirklich. Und im Geist sah ich Maren wieder auf dem Bett im Hotelzimmer liegen. Eine Zigarette in der Hand, mit gelangweilter Miene zur Decke schauend. »Du mußt das verstehen, Konni. Ich passe einfach nicht mehr hierher. Und wir beide . . .« Sie richtete sich halb auf, stützte den Oberkörper mit einem Ellbogen ab, zog mit der freien Hand zwei Haarsträhnen nach vorne und lachte leise auf. »Ich und ein Bulle, das funktioniert nur im Bett. Das reicht nicht für mehr. Ich bin verrückt nach dir, aber ich liebe dich nicht. Tut mir leid, Konni.«

Und dafür hatte ich eine Ehe riskiert und verloren, keine übermäßig glückliche Ehe, durchschnittlich, provinzmäßig, glücklicherweise kinderlos. Ich war wirklich ganz ruhig. Mit Hanne im Rücken und Oliver auf dem Schoß würde mir das nicht noch einmal passieren.

Hanne ist keine Traumfrau, aber sie ist auch kein Durchschnitt, nicht provinzmäßig. Verglichen mit denen, die sich hier um die Tische im kleinen Saal von Kamiers Lokal verteilten, ist Hanne ein Goldstück, eine selbstbewußte, selbständige Frau Ende Zwanzig. Keine ausgesprochene Schönheit, aber offen und ehrlich. Ein schmales Gesicht, das dunkle Haar pflegeleicht kurz, morgens immer in einem verschlissenen Bademantel, den sie für nichts auf der Welt gegen einen neuen eintauschen will, immer ein bißchen in Eile und nach Olivers Geburt ein bißchen breiter in den Hüften als zuvor.

Und Maren Koska . . .

Sie kam kurz nach zehn. Nicht mehr ganz so aufreizend wie vor neun Jahren. Dezent, im maßgeschneiderten Kostüm mit wadenlangem Rock. Die weißblonde Mähne auf Schulterlänge gekürzt. Ich saß mit dem Rücken zur Tür, hatte sie nicht kommen sehen. Ich sah nur das Gesicht des dicken Müller. Wie ihm plötzlich der Unterkiefer herunterklappte, wie die Lider flatterten. Sogar seine Tränensäcke gerieten in Bewegung. Dann erhob er sich und eilte um den Tisch herum auf die Tür zu, beide Hände gleichzeitig ausgestreckt, als sei ihr Erscheinen allein sein Verdienst. Ich drehte mich um, zusammen mit Peter Bergmann.

Einige Augenpaare wurden automatisch auf mich gerichtet. Irgendeiner pfiff, versuchte krampfhaft, den Ton einer Blockflöte zu treffen. Und Peter Bergmann erhob sich ebenfalls. Er nahm sein Glas vom Tisch und schaute sich unauffällig nach einem anderen Platz um, dieser Trottel.

»Setz dich wieder hin«, zischte ich. Er zog leicht erstaunt die Augenbrauen hoch. »Soll ich nicht . . .«

»Nein«, preßte ich zwischen den Zähnen hervor.

»Ich dachte, du wolltest vielleicht . . . Ihr habt euch doch sicher eine Menge zu erzählen.« Von dem Intermezzo vor neun Jahren wußte er natürlich nichts.

»Nein!« Punkt und Schluß! Peter setzte sich mit einem Achselzucken zurück auf den Stuhl, und Maren schritt die Reihen ab. Sie schritt tatsächlich, mit achtzehn die Prinzessin der Oberstufe, mit achtunddreißig die Königin des Klassentreffens. Dem dicken Müller klopfte sie nur kurz und kameradschaftlich auf die wabbelige Schulter. Strahlte ihn an: »Willibald, immer noch der Alte.«

Gott im Himmel, sah sie gut aus. Rank und schlank wie vor Jahren, Wespentaille und Fesseln wie eine preisgekrönte Stute. Meine Zauberfee! Meine Nixe, die in einer gefüllten Badewanne so lange tauchen konnte, bis mir der Atem ausging. Warum fallen einem solche Details immer in unpassenden Momenten ein? In meiner Kehle zog sich etwas schmerzhaft zusammen.

Länger als eine halbe Stunde war sie unterwegs, lächelte, schüttelte Hände, stellte die üblichen Fragen und beantwortete sie. Wir kamen ganz zuletzt an die Reihe. Als sie endlich Peter Bergmanns Stuhl erreichte, lief bereits die Stereoanlage und einige Paare tanzten auf der freien Fläche vor den Tischen.

Maren schüttelte Peters Hand, bedankte sich für die Einladung, für die Mühe, die er sich gemacht hatte. Er bedankte sich für ihr Erscheinen. Dann war ich an der Reihe. Sie hielt mir ebenfalls die Hand hin.

»Hallo«, sagte sie nur. Es klang lässig und neutral, ihr Lächeln war ebenso.

»Setz dich doch, Maren.« Peter Bergmann zog den freien Stuhl an seiner linken Seite ein wenig vom Tisch ab. Sie schüttelte den Kopf. »Danke, aber ich habe den halben Nachmittag im Auto gesessen. Ich würde lieber tanzen.«

Und dabei lächelte sie auf ihn hinunter, daß es einen Stein zurück in glutflüssige Lava verwandelt hätte. Ich existierte nicht. Eine Erkenntnis wie ein Messer in den Eingeweiden. Der uralte Trick, und ich fiel prompt darauf herein.

Peter Bergmann schaute verlegen in sein Bierglas. Ich erhob mich, es war schließlich nichts dabei, wenn ich einmal mit ihr tanzte. Aber gerade als sie mit einem kühlen Nicken andeutete, daß sie bereit war, mit mir vorlieb zu nehmen, schaltete der dicke Müller die Musik aus. Brüllte dabei quer durch den Saal: »Moment, Maren, ich weiß doch noch, was du magst.«

Und gleich darauf kam ein Tango. Maren ließ sich in den Arm nehmen, blieb jedoch auf Distanz, schwieg ein paar Takte lang, erkundigte sich dann erst: »Und wie geht es dir?«

»Bestens.«

Es war ein merkwürdiges Gefühl, wieder auf ihren Scheitel hinabzusehen. Den Arm um ihre Taille, ihre Hand auf der Schulter und irgendwo im Hinterkopf die Erinnerung an Raserei. Noch ein paar Takte Schweigen. Dann lachte Maren leise. »Sei nicht so steif, Konni.«

Sie war erwachsen geworden, reifer und merklich zurückhaltender. Dachte ich jedenfalls. Nach drei Tänzen gingen wir zurück an den Tisch. Peter Bergmann war mitsamt seinem Bierglas umgezogen. Maren setzte sich auf seinen Platz. Wir unterhielten uns. Es war alles ganz normal.

Es war genauso wie vor neun Jahren, als Maren zur Beerdigung ihrer Mutter heimkam. Aus Florida. Der alte Koska hatte sie damals gleich nach dem Abitur in die USA geschickt, aus Sicherheitsgründen, denke ich. Er hat uns beiden nie getraut. Vielleicht haben alte Leute einen sechsten Sinn. Und wenn es nach ihm gegangen wäre, wäre Maren in Florida geblieben, hätte sich dort einen reichen Amerikaner geangelt und ein paar Kinder in die Welt gesetzt.

Aber Maren wollte keinen Amerikaner und keine Kinder. Maren wollte auch nach der Beerdigung ihrer Mutter nicht zurück nach Florida. Maren wollte mich, und sie blieb. Wir trafen uns zufällig im Hallenbad, meine Frau war dabei. Alles ganz harmlos, zwanglos, unverfänglich. Schulkameraden, die sich nach langen Jahren wiedersahen. Natürlich wurde viel erzählt. Maren erwähnte beiläufig und mit einem schwermütig sehnsüchtigen Blick, daß sie es nicht ertragen könne, mit ihrem Vater unter einem Dach zu leben. Weil ihr Vater ihr einmal etwas weggenommen habe, an dem sie mit Leib und Seele hing. Daß sie in Köln ein Hotelzimmer genommen habe. Und an einem der nächsten Tage hatte ich in Köln zu tun.

»Schau doch mal rein, wenn du in der Nähe bist, Konni.« Und ich dachte, ein Glas Bier in der Hotelbar sei noch kein Ehebruch. Aber die Hotelbar war Maren zu unpersönlich, ein Drink auf ihrem Zimmer immer noch kein Verbrechen. Und Maren war eben Maren, eine Frau wie ein Naturereignis. Maren konnte Gedanken lesen, wenn es darum ging, die manchmal unerfüllten Wünsche aufzuspüren, die ›Mann‹ mit sich herumträgt. Maren bestand aus Intuition und Bereitschaft, aus Gier und Unersättlichkeit, aus Opium, Morphium, hochprozentigem Rum, vielleicht sogar aus reinem Heroin. Sie machte süchtig. Und sie blieb – bis ich die Scheidung eingereicht hatte.

Wir tanzten noch ein paarmal. Maren erzählte mir, wie sie die letzten Jahre verbracht hatte. Sie war viel herumgekommen, und vor zwei Monaten hatte sie geheiratet. Irgendwie fühlte ich mich leichter. Ihren Mann hatte sie in Hamburg kennengelernt, lebte auch dort mit ihm. Jetzt war sie nur hier, um ein paar Angelegenheiten ihres Vaters zu regeln.

Der alte Koska war ganz plötzlich gestorben, Herzinfarkt. Irgendwie tat er mir sogar leid. Ich hatte ihn seit ewigen Zeiten nicht mehr gesehen, obwohl wir in der gleichen Stadt lebten. Für mich war er immer noch der bullige Zweizentnermann mit dem eckigen Gesicht, wie geschaffen für ein Feindbild. Der erfolgreiche Unternehmer, und es erstaunte mich zu hören, daß er kürzlich Konkurs gemacht hatte. So was sprach sich normalerweise rum in der Stadt. Aber ich war ja mehr als die halbe Zeit in Hürth. Und mehr an kleinen Gaunern interessiert als an dem, was in meiner Heimatstadt vorging.

»Wir haben ihn in aller Stille beigesetzt«, sagte Maren.

Dann war ich an der Reihe. Ob ich mich damals wieder mit meiner Frau ausgesöhnt hätte? Nein. Auch nicht wieder geheiratet? Nein. Ich war ziemlich einsilbig, sie ignorierte es.

Und beruflich alles noch beim alten, befördert zum Hauptkommissar immerhin, Leiter des Einbruchsdezernats, mehr am Schreibtisch als draußen. Es ging auf zwölf zu, als wir bei Oliver anlangten. Ich holte das neueste Foto aus der Brieftasche. »Er sieht dir sehr ähnlich«, stellte Maren fest. »Siehst du ihn wenigstens regelmäßig?«

Ich nickte. Von Hanne hatte ich ihr kein Wort gesagt, hatte ihre Frage, warum ich die Mutter meines Sohnes nicht geheiratet hätte, mit einem Schulterzucken beantwortet. Immer noch in dem Glauben, daß ich als freier Mann für Maren uninteressant war. Wir saßen irgendwie abgeschnitten, waren beide auf Vorsicht bedacht. Sich nur keine Blöße geben und keinen Anlaß zu Spötteleien oder deftigen Bemerkungen. Maren trank hauptsächlich Kaffee, ich blieb beim Bier. Es drückte auf die Blase, aber ich saß wie angewachsen auf dem Stuhl.

Um zwei begann sich der Saal allmählich zu leeren. Die einzelnen Grüppchen rückten enger zusammen. Wir setzten uns hinüber an einen der anderen Tische. Es wurde richtig gemütlich. Noch ein Tanz. Und endlich einmal aufs Klo. Peter Bergmann hatte Maren aufgefordert. Draußen auf dem Hof hätte ich beinahe laut über mich selbst gelacht. Sie war seit zwei Monaten verheiratet, vermutlich mit einem Tarzan oder einem Gorilla. Als ob sie mir nachkommen würde, so ein Blödsinn.

Sie war wirklich anders, ruhiger, anscheinend sehr beeindruckt von ihrem Mann, obwohl sie kaum über ihn gesprochen hatte. Zwei, drei flüchtige Bemerkungen. Daß er sich bei der Trauung für ihren Namen entschieden habe. Daß er ihr den Papierkrieg nach dem Tod ihres Vaters abgenommen habe. Daß er zwei Jahre jünger sei als sie.

Und noch ein Tanz zum Abschied. Reihum die übrig gebliebenen Hände schütteln. War wirklich ein schöner Abend. Sollten wir in zwei oder drei oder fünf Jahren wiederholen. Als ich zur Tür ging, warf Maren einen Blick auf die Uhr. Ich hörte sie hinter mir sagen: »Ich muß auch los. Ich habe meinem Mann versprochen, daß es nicht zu spät wird. Und ich muß noch . . .«

Dann schnitt die Saaltür ihre Stimme ab. Ich ging zügig auf die Außentür des Schankraumes zu, ganz leicht und stolz und irgendwie frei. In den letzten Stunden hatte ich nicht einmal das Bedürfnis gespürt, mehr zu tun, als Maren beim Tanzen im Arm zu halten. Gut, ich hatte mich ein paarmal erinnert, aber nicht mehr. Ich war geheilt, endlich clean oder trocken. Als ich die Straße erreichte, hörte ich, daß die Außentür des Lokals geöffnet wurde, dann das Klappern der Absätze auf den Betonplatten. Sie ging nicht weit, nur bis zu einem roten Golf, der auf dem kleinen Parkplatz stand.

Ich war bereits an der Ecke zum Nordring, drehte mich um, winkte noch einmal lässig über die Schulter zurück. Maren stand neben dem Wagen, hantierte mit einem Schlüsselbund. Über das Dach hinweg schaute sie mir nach.

»Kann ich dich ein Stück mitnehmen?«

»Vielen Dank, ich hab's nicht weit. Und die frische Luft tut mir gut.«

Sie lachte, und so weit war ich dann doch noch nicht von ihr weg, daß ich nicht deutlich verstanden hätte, was sie sagte. »Jetzt sei nicht albern, Konni. Vor wem hast du denn Angst, vor dir oder vor mir? Du hast es vier Stunden lang ausgehalten, die paar Minuten schaffst du auch noch.«

Und dann saß ich neben ihr. Ich wußte gar nicht, daß ich zurück zum Parkplatz gegangen war. Maren fuhr gleich los, erst im Rückwärtsgang auf die Straße, dann bog sie links auf den Nordring ab. Die Richtung stimmte. Ein paar Minuten später hielt sie in der Brabanter Straße vor dem alten Wohnblock, in dem meine Eltern lebten. Der Motor lief noch, sie streckte mir die Hand hin. »Mach's gut, Konni.«

Und dann, nach einer halben Sekunde des Zögerns: »Tut mir leid, die Sache mit deiner Scheidung. Ich wollte es nicht so weit treiben. Ich wollte dich nur noch einmal schnuppern lassen. Zwei oder drei Nummern, um deine Erinnerung aufzufrischen und dann einen Tritt, so wie du mir damals einen verpaßt hast. Aber als wir dann erst einmal wieder damit angefangen hatten, kam ich nicht so schnell los.«

»Ich habe dir keinen Tritt verpaßt«, widersprach ich. »Dein Vater hat . . .«

Maren lächelte mysteriös. Ich sah es im Schein einer Straßenlampe. Sie zuckte mit den Achseln. »Vergessen wir das. Es ist lange her.«

Ich sah, wie sie den Blick senkte. Ich fühlte auch, wie ihre Augen von meinem Gesicht über den Hals nach unten wanderten. Sie lächelte immer noch. »Erinnerst du dich noch an die Sprossenwand in der Turnhalle. Ein irres Gefühl.«

Als sie es aussprach, sah ich sie vor mir an dieser Wand, beide Hände hoch über dem Kopf in die Sprossen geklammert, die Beine um meine Hüften gelegt, das lange Haar fiel über ihre Brüste nach vorne, als sie den Kopf hin und her warf.

Vergessen wir das!

Verflucht. Der Motor lief immer noch. Marens Augen strichen über die Gürtelschnalle meiner Hose, über den Stoff darunter. »Ich habe mir so eine Wand ins Schlafzimmer bauen lassen«, murmelte sie, lächelte flüchtig, »aber Rex hat nicht dein Standvermögen. Und er würde mich lynchen, wenn er wüßte, daß ich hier mit dir über alte Zeiten rede.« Ihr Blick hatte sich regelrecht festgesaugt.

»Ich weiß nicht, wie es bei dir ist«, murmelte sie, »aber mich juckt es schon seit Stunden in den Fingern. Hältst du immer noch so lange durch, Konni?«

Ich wollte irgend etwas Läppisches antworten, aber mir fiel nichts ein. Ich wollte raus und heimgehen, zu Hanne ins Bett kriechen. Da sagte sie: »Einmal noch, ja? Zum Abschied.« Und bevor ich darauf reagieren konnte, gab sie Gas.

Sie fuhr nicht weit, ein paar Minuten später hielt sie mitten auf dem Parkplatz hinter dem neuen Rathaus. Links von uns die Straße, Häuser, ab und zu ein Motorgeräusch, Scheinwerfer.

Maren löschte das Licht, stellte den Motor ab und rutschte vom Fahrersitz auf den Boden, kroch zu mir herüber. »Bist du wahnsinnig«, protestierte ich, »mitten in der Stadt. Da können wir auch gleich ...«

Sie legte mir eine Hand auf den Mund. »Kehr nicht wieder den Spießer nach außen, Konni. Es wird uns schon niemand stören.«

## 2

Es ging auf fünf zu, als ich wieder vor dem grauen Wohnblock in der Brabanter Straße stand und dem roten Golf mit der Hamburger Nummer nachschaute. Maren drehte sich nicht mehr um, winkte auch nicht. Unwillkürlich warf ich einen Blick zu den Fensterreihen hinüber, sie lagen alle im Dunkeln. Dann ging ich langsam die drei Straßen weiter zu unserer Wohnung. Ich war völlig erledigt.

Das Bier. Ich wußte gar nicht, wieviel ich getrunken hatte, zehn oder zwölf Gläser vielleicht, auf jeden Fall zuviel. Das schlechte Gewissen. Jemand, der in meinem Hinterkopf den Schädelknochen mit einem winzigen Hämmerchen bearbeitete und dabei immerzu auf mich einsprach: »Wie konntest du nur, du Idiot? Du weißt doch genau, wie das weitergeht.«

Ausgepumpt wie eine Waschmaschine nach dem letzten Schleudergang. Ich fühlte mich ziemlich dreckig und hundeelend. Zuerst ging ich ins Bad, duschte lange und gründlich, wusch mir sogar die Haare, putzte die Zähne und gurgelte minutenlang mit einem entsetzlich scharfen Mundwasser, aber ich wurde Marens Geschmack nicht los.

Hanne schlief, als ich ins Schlafzimmer kam. Sie erwachte allerdings, als ich unter meine Decke kroch.

Ohne die Augen zu öffnen, erkundigte sie sich verschlafen: »Wie spät ist es?«

»Halb sechs.«

»War es nett?«

Ich brummte noch eine Zustimmung und drehte mich auf die Seite, mit dem Rücken zu ihr. Noch einmal zum Abschied. Aber diesmal wirklich, endgültig, für immer und alle Zeiten! In meinem Schädel knisterte es noch. Als ich die Augen schloß, tauchte aus dem Nichts Marens Kopf über meinem Schoß auf. Und meine Hände, beide gleichzeitig in ihre weißblonde Mähne verkrallt.

Ich hatte das Bedürfnis, mit einem Menschen zu reden, bevor ich erneut den Verstand und die Kontrolle verlor. Nicht mit Hanne, um Gottes willen, vielleicht mit meinem ältesten Bruder oder mit Jochen Becker, der ebenfalls in einige Details meiner persönlichen Westside-Story eingeweiht war.

M. K. und K. M. hatten wir früher auf die Türen im Mädchenklo geschrieben. Jetzt fühlte es sich fast so an, als hätte ich das M. K. mit den Zähnen eingraviert bekommen. Eine Flöte mit Monogramm, und im Nebenzimmer schlief Oliver. Vor ein paar Monaten hatte er mir von einem Spielgefährten aus dem Kindergarten erzählt, dessen Eltern in Scheidung standen.

»Der Thomas darf seinen Papa jetzt gar nicht mehr immer sehen. Aber du bleibst doch bei uns, oder?«

Und Hanne hatte ihm erklärt, daß wir uns nicht scheiden lassen konnten, weil wir gar nicht verheiratet waren. Es hatte ihn beruhigt.

Wie ich den Sonntag hinter mich brachte, weiß ich kaum noch. Hanne ließ mich bis weit nach Mittag schlafen, dann brachte sie mir einen Kaffee. Gleich darauf erschien Oliver bei der Tür, unter dem rechten Arm ein dünnes Buch.

»In einem Land vor unserer Zeit.« Meine Mutter hatte

es ihm freitags gekauft. Jetzt drängte es ihn, mir seinen speziellen Feind zu zeigen, Scharfzahn Rex, den blutrünstigen Räuber, den Vernichter aller Langhälse, Dreihörner und was sich sonst noch auf den reich bebilderten Seiten tummelte.

»Guck, Papa, was der für Zähne hat. Was meinst du, wie das blutet, wenn der dich beißt.« Dann erzählte er mir gleich noch einmal die Geschichte von dem Blutbad im Kindergarten und dem in der Sandkiste vergrabenen Apfel, von dem es später geheißen hatte, Olli persönlich habe ihn verbuddelt. Und ich konnte mich nicht einmal zu einer Ermahnung aufraffen. Ich strich ihm nur kurz über den Kopf.

Hanne bemerkte sehr wohl, daß etwas nicht stimmte. »Du bist ziemlich verkatert«, meinte sie und ließ die Sache damit erst einmal auf sich beruhen. Vielleicht ahnte sie etwas. Vor Jahren hatte ich ihr ja sehr ausführlich erzählt, was mit mir geschah, wenn ich in die Nähe von Maren Koska kam. Ein einziger Schuß genügte, und ich hing an der Nadel. Der Verstand rutschte in die Hose, das Gehirn blutete aus.

Den Nachmittag verbrachte ich mit Oliver und seinem Buch auf der Couch. Ich las ihm kleinere Stücke vor, er betrachtete dabei die Bilder, drückte den Kopf unter meine Achsel und die Knie in meine Seite.

Tyrannosaurus Rex, es hallte in meinem Kopf nach, irgendeine flüchtige Bemerkung. Dann fiel es mir ein. Rex, so hatte Maren ihren Mann genannt, vielleicht abgeleitet von Alexander. Das kam mir unwahrscheinlich vor. Godberg hieß Alexander, und alle nannten ihn Alex.

Der Bezug zu Godberg lenkte ein wenig ab. Oliver verkündete, daß er das Buch morgen unbedingt mit zu Sven nehmen müsse. Und beim augenblicklichen Stand der Dinge war es mir gar nicht recht, daß er so viel Zeit bei den Godbergs verbrachte. Ich las noch die Stelle, an der

Scharfzahn bei einem fürchterlichen Erdbeben in die Schlucht stürzt.

»Aber er ist nicht tot, Papa«, erklärte Oliver. »Er kommt immer wieder und will Littlefoot und Cera fressen. Und alle anderen auch. Der ist so böse. Der ist ein Schwerverbrecher.« Voller Stolz, daß er sich auch in meinem berufsbedingten Vokabular auskannte, schaute Olli zu mir hoch. Und ich zog ihn ein bißchen fester an mich.

Olli ist etwas ganz Besonderes in meinem Leben. Bevor es ihn gab, war ich einfach Konrad Metzner. Erst Olli hat mich auf meinen Platz gestellt, den Tagen, die bis dahin einer wie der andere vergingen, Intensität verliehen. Ihn hergeben zu müssen, konnte ich mir gar nicht vorstellen.

Er brachte mich auch an dem Sonntag nachmittag auf andere Gedanken. Bis zum Abend fühlte ich mich wieder einigermaßen. Wir gingen früh zu Bett, Hanne mit merklichem Zögern. Sie war unsicher und wachsam, was mich in der Annahme bestärkte, daß sie zumindest einen Verdacht hatte. Obwohl sie doch immer noch glauben mußte, daß Maren Koska nicht zum Klassentreffen erschienen war. Vielleicht kannte Hanne mich einfach zu gut, besser jedenfalls als meine Exfrau, die hatte monatelang jede Geschichte geglaubt, die ich ihr, manchmal mit Jochens Unterstützung, auftischte. Aber bisher hatte ich Hanne gar nichts aufgetischt, kein Wort über die vergangene Nacht.

Hanne legte sich in ihr Bett, zog sich gleich die Decke über die Schultern. Ich zog die Decke wieder fort und schaute sie an. Ich kannte jeden Zentimeter ihrer Haut, das kleine Muttermal oben links am Nabel, jeden einzelnen von den inzwischen verblaßten Dehnungsstreifen auf ihrem Leib, Überbleibsel der Schwangerschaft. Die, selbst wenn sie frisch rasiert waren, leicht stoppeligen Achselhöhlen.

Maren hatte kein Muttermal, keine Streifen, nur straffe, leicht gebräunte Haut und glatte Achseln.

Hanne folgte meinem Blick aufmerksam. Auch als ich mich über sie beugte, schloß sie die Augen nicht. »Sie war doch da«, stellte Hanne ruhig fest.

»Ich liebe dich«, murmelte ich. Und Hanne nickte kurz. »Ich weiß.«

»Ich weiß, was ich sage«, flüsterte ich.

»Das hoffe ich«, erwiderte Hanne leise.

Ihre Schulter roch nach der Duschlotion, die sie seit langer Zeit benutzte, ein leichter, so vertrauter Duft, sauber und appetitlich. Dann schloß sie die Augen doch noch, legte beide Hände in meinen Nacken und zog meinen Kopf über ihr Gesicht. »Zeig es mir, Konrad.«

Es hatte nichts mit Liebe zu tun. Es war einfach eine Entschuldigung, das schlechte Gewissen, Flucht aus der stürmischen See in den Heimathafen. Zur Ruhe kommen in ruhigen Gewässern, mehr war es nicht. Und die wundgescheuerte Haut brannte, es schien nur recht und billig. Die kleinen Sünden bestraft der liebe Gott sofort. Vielleicht war ›Einmal‹ nur eine kleine Sünde.

Als ich schließlich wieder neben Hanne lag, war Maren Koska bereits ein Stück weit weg. Ihr Geruch überlagert von Hannes Duschlotion. Ihr Geschmack überdeckt von Hannes Küssen. Und der Rest würde sich auch noch verlieren, davon war ich in dieser Nacht überzeugt.

Montag kam ich ziemlich spät aus dem Präsidium. Ein weiterer Einbruch nach der üblichen Masche, eine Menge Arbeit und keine Spuren. Den Einstieg bei Godberg hatten wir separat abgelegt. Jochen war inzwischen fast geneigt, sich Godbergs Meinung anzuschließen, Jugendliche, eine Mutprobe, ein dummer Scherz.

Aber da waren immer noch die Ermittlungen gegen Godberg selbst. Bisher lag noch kein Bericht über die

Gegenstände vor, deren Fotos wir ans LKA geschickt hatten. Godbergs Angaben zu seinem Warenlager hatten sich als richtig erwiesen, zumindest in bezug auf die vier Personen, deren Namen er uns freiwillig genannt hatte.

Nur unser Heißsporn Andy sah die Sachlage wesentlich komplizierter. »Das waren keine Jugendlichen. Da ist nur einer eingestiegen, das geht eindeutig aus den Spuren hervor. Und nicht, um zu stehlen. Der wollte etwas anderes, und er hat es nicht bekommen. Da kommt noch etwas hinterher.«

Er spekulierte gerne, der frischgebackene Kriminalmeister Andreas Nießen. Wenn es nach ihm gegangen wäre, wäre Godbergs Haus Tag und Nacht überwacht worden. Leider ging es nicht nach ihm.

Es war zehn vorbei, als ich die Wohnungstür aufschloß. Hanne saß mit einer Zeitschrift im Wohnzimmer. Sie kam bis zur Tür. »Willst du noch etwas essen?«

»Was kannst du mir anbieten?«

»Moment«, sagte Hanne, »ich bringe die Speisekarte. Wir hätten Bratkartoffeln mit Rührei, eines unserer schnellen Gerichte. Empfehlen kann ich Sauerkraut, Kartoffelpüree und Kassler. Ich muß es nur aufwärmen.«

»Das nehme ich.« Ich küßte sie im Vorbeigehen auf den Hals. Wollte zu einem Sessel, endlich die Beine ausstrecken. Hanne hielt mich zurück.

»Während ich dein Essen aufwärme, könntest du kurz zu Olli reinsehen. Er hat bis neun auf dich gewartet. Anscheinend hat es bei den Godbergs Ärger gegeben. Er kam früher heim als sonst, und er war ganz durcheinander.« Hanne seufzte vernehmlich, sprach mit leicht bekümmertem Unterton weiter: »Vermutlich hat er wieder etwas ausgefressen. Aber mit mir wollte er nicht darüber reden.«

Oliver lag im Dunkeln, die Augen weit offen, den Daumen im Mund und schaute in gespannter Erwartung zur

Tür, als ich eintrat. Ich setzte mich zu ihm auf die Bettkante. Er richtete sich augenblicklich auf und schlang die Arme um meinen Nacken. Kein Wort, nur das Gesicht drückte er so fest in meine Halsbeuge, daß ich dachte, er würde sich selbst ersticken.

Ich legte ihm einen Finger unter das Kinn. »Na, was ist denn los?«

Statt mir gleich zu antworten, ließ er sich versichern, daß ich alle bösen Männer verhaften und einsperren lassen konnte. Vor allem solche, die andere verhauen. Von meiner Bestätigung einigermaßen beruhigt, legte er sich zurück in die Kissen und flüsterte: »Der Papa von Sven hat mich über den Zaun gehoben und gesagt, ich muß ganz schnell nach Hause gehen.«

»Was hast du denn angestellt?« erkundigte ich mich.

Ein heftig protestierendes Kopfschütteln in meine Hand hinein.

»Nun mal raus mit der Sprache«, verlangte ich nachdrücklich, aber in genau dem Ton, der Olli signalisierte: Alles halb so wild. Das funktionierte meist, diesmal jedoch nicht.

»Ich hab' gar nichts getan, das war der Rex. Aber ich darf es dir nicht erzählen.«

»Wer hat dir das denn verboten?«

Olivers Stimme wurde noch leiser und seine Augen noch etwas größer. »Der Papa von Sven.« Wieder richtete er sich auf, kam mit dem Mund bis dicht an mein Ohr heran. »Er hat gesagt, ich darf es Mama nicht sagen und dir auch nicht, sonst wird der Rex sehr böse. Und dann frißt er bestimmt Tante Ella.«

Ich dachte an den vergrabenen Apfel des kleinen Mädchens, an die Abdrücke von Milchzähnen am Unterarm der Kindergärtnerin.

Da hatte Olli selbst ein bißchen Tyrannosaurus gespielt.

Aber es gab immer ein paar Tricks, von ihm auch die letzte Wahrheit und Schandtat zu erfahren. Es kam nur darauf an, wie man die entsprechende Frage formulierte.

Ich flüsterte zurück: »Das wollen wir ja nun auf gar keinen Fall. Was darfst du uns denn nicht sagen?«

Aber auch das funktionierte diesmal nicht so recht. »Was passiert ist. Es war ganz schlimm. Und ich darf auch morgen nicht spielen kommen. Aber ich muß doch mein Buch holen.«

Viel mehr erfuhr ich von Oliver an diesem Montag abend nicht. Hanne erweiterte die mysteriöse Andeutung um einige Sätze, während ich meinen Teller leerte.

»Der Himmel weiß, was da los war. Ich habe ihn um zwei zu den Godbergs gefahren und mit Ella verabredet, daß ich ihn so gegen halb sieben abhole. Und um fünf kam er alleine heim.«

Hanne war deswegen immer noch leicht verstimmt, empfand Ella Godbergs Verhalten als verantwortungslos, wohl zu Recht. Oliver mußte quer durch die Stadt laufen, von Godbergs Haus zu unserer Wohnung.

»Vielleicht hat er mit Sven gestritten«, vermutete Hanne. Das kam wohl hin und wieder einmal vor. Auch unter allerbesten Freunden. Und wenn es bisher vorgekommen war, hatte Ella Godberg angerufen und gebeten, Hanne möge unseren Sohn bitte sofort abholen, da in den nächsten Stunden nicht mit einer Versöhnung der zerstrittenen Parteien zu rechnen sei. Sie waren beide kleine Dickschädel. »Aber das ist doch kein Grund, ihn so einfach heimzuschicken. Das hat sie bisher noch nie getan.«

Ich erklärte, was ich von Oliver erfahren hatte.

»Wenn er morgen nicht kommen darf, muß es ein großer Krach gewesen sein, oder er hat was zerdeppert. Das hört sich ja fast so an, als hätte Alex ihn geschlagen. Das kann ich mir aber nicht vorstellen. Das hätte er mir auch bestimmt erzählt, oder meinst du nicht?«

Ich wußte es nicht, kam vielleicht darauf an, was Oliver ausgefressen hatte, und ob er einen Klaps auf den Hintern im Gegenzug als Gerechtigkeit ansah.

Hanne zuckte mit den Schultern. »Vielleicht war Ella nicht daheim«, vermutete sie angesichts der Tatsache, daß Alex Godberg unseren Sohn auf die Straße gesetzt hatte. Und das im wahrsten Sinne des Wortes.

Bis wir zu Bett gingen, blieben wir beim Thema. Daß Oliver irgendwie verstört gewesen sei, als er heimkam, ganz aufgeregt und auch etwas blaß. Und daß Hanne gleich am nächsten Tag mit Ella Godberg über den Vorfall reden wolle. Aber dazu kam Hanne nicht mehr.

Dienstag wurde Sven Godberg nicht zum Kindergarten gebracht. Von einer der Betreuerinnen erfuhr Hanne am Mittag, sein Vater habe ihn mit einer Grippe entschuldigt. Oliver langweilte sich den ganzen Nachmittag, quengelte und erging sich Hanne gegenüber in der düsteren Vermutung, daß Scharfzahn Rex inzwischen nicht nur Tante Ella, sondern wahrscheinlich auch den kleinen Sven gefressen habe.

Und sein Buch, zur Zeit der wertvollste Besitz, lag immer noch im Haus der Godbergs. »Das holen wir am Donnerstag zusammen ab«, versprach Hanne. Da sie mittwochs arbeiten mußte und dann frühmorgens keine Zeit für Olivers ausgedehntes Frühstück hatte, so daß er für die betreffenden Tage schon am Vorabend ausquartiert wurde, brachte sie ihn bereits gegen vier zu meinen Eltern. Das beste Mittel gegen seine Langeweile.

Wir bekamen an diesem Dienstag endlich einen vorläufigen Bescheid vom LKA. Die im Hause Godberg fotografierten Gegenstände waren nicht als gestohlen gemeldet. Damit hätten wir die Sache vorläufig zu den Akten legen können. Aber Jochen hatte Blut geleckt.

»Da ist immer noch der Tresor«, das hörte ich an dem Dienstag dreimal von ihm. »Und ich würde meine Hand nicht dafür ins Feuer legen, daß Godberg darin ausschließlich seine Briefmarkensammlung aufbewahrt.«

Ich ja auch nicht.

Was Jochen an Fakten zusammengetragen hatte, ließ nur einen Schluß zu. Alex Godberg bewegte sich mit seinen Geschäften verdammt nahe am Rand der Legalität. Ging nach Möglichkeit der Polizei aus dem Weg und beschaffte sich sein Geschäftskapital nicht unbedingt bei der Kreissparkasse. Da deponierte er es anscheinend nur kurzfristig.

Jochen war nicht allein an Godberg interessiert, er war außerdem noch auf der Suche nach einem jungen Mann, der einem aufmerksamen Nachbarn in der Zeit vor dem Einbruch mehrfach aufgefallen war. Der Beschreibung nach ein südländischer Typ, Mitte bis Ende Zwanzig, bekleidet mit einer auffälligen Lederjacke und halbhohen Stiefeln. Der Kundschafter, wie unser Andy ihn nannte.

Hanne und ich freuten uns auf einen ruhigen Abend vor dem Fernseher, unterhielten uns noch darüber, ob nun auch uns eine Grippe ins Haus stand, daß wir die im Moment überhaupt nicht gebrauchen konnten. Und daß wir in Zukunft vielleicht ein wenig vorsortieren mußten, bevor wir Oliver Filme und Bücher sehen ließen.

»Dieses Vieh hat es ihm angetan«, sagte Hanne. »Er steigert sich da richtig hinein. Den halben Nachmittag hat er mich mit seinen Gruselgeschichten genervt.«

Ich hatte gerade auf das erste Programm geschaltet, um mir die Tagesschau anzusehen, als es an der Tür klingelte. Hanne ging hin, kam gleich darauf zurück, gefolgt von Peter Bergmann. Sie dachte wohl, er käme ihretwegen und erkundigte sich: »Warum haben Sie denn nicht angerufen?«

Aber Peter wollte zu mir, und da Hanne nicht daran

dachte, den Platz auf der Couch gegen einen anderen einzutauschen, gingen wir in die Küche. Peter Bergmann suchte verzweifelt nach einer akzeptablen Begründung für seinen Besuch. »Ich dachte, wo wir uns doch persönlich kennen. Ich will ja keine Staatsgeheimnisse von dir erfahren.«

Ein schiefes Grinsen, dann kam er endlich zum Thema. »Vor ein paar Tagen waren zwei Kollegen von dir bei mir. Sie haben die Konten eines Kunden überprüft. Liegt gegen den Mann was vor?«

Ich stellte mich dumm. »Da müßte ich erst einmal wissen, wie der Mann heißt.«

Es lag auf der Hand. Jochen hatte mir davon erzählt. Peter Bergmann nannte den Namen mit deutlichem Unbehagen. »Es ist so«, fuhr er fort, »er will kurzfristig einen Kredit, eine ziemlich hohe Summe. An sich kein Problem, aber wenn da was faul ist . . .«

Jetzt war ich wieder an der Reihe. Ich sagte nur: »Bei ihm ist eingebrochen worden.«

»Und da überprüft ihr seine Konten?«

Ein Achselzucken, eine lasche Erklärung. »Ich habe mit dem Fall persönlich nichts zu tun. Ich weiß leider keine Einzelheiten.«

Jochen hatte gefragt: »Was sagte Hanne, die haben die Beiträge für den Kindergarten nicht bezahlt? Dann will er vielleicht selbst einen bauen. Oder das sind geschäftliche Rücklagen, was da auf den Konten rumliegt.«

Anlage- und Vermögensberatung. Ein winzig kleiner Hai. Oder ein ganz großer, der sich nicht mit armen Schluckern abgab.

»Wieviel will er denn?« fragte ich. Peter Bergmann grinste wieder. »Genug, um die Sache dreimal zu überdenken. Bisher war Godberg ein solider Kunde. Wenn er mir so einen Kredit platzen läßt, stehe ich im Regen. Von mir wird schließlich verlangt, daß ich mir die Leute genau ansehe und noch ein bißchen darüber hinaus.«

Peter Bergmann verabschiedete sich wenig später. Wir gingen ins Bett. Es war alles wieder in bester Ordnung. Die Stunden mit Maren waren inzwischen weit genug von mir abgerückt, mehr eine Art pubertärer Traum als Realität. Das schlechte Gewissen hatte sich zur Ruhe begeben.

Mittwoch verließ ich mit Jochen eine Besprechung in der tröstlichen Gewißheit, daß wir in Sachen ›Elektroniker‹, so nannten wir die Bande, die uns mit schöner Regelmäßigkeit montags leergeräumte Fernsehtische und Videoregale bescherte, daß wir also in diesem Fall ab sofort mit den Kölner Kollegen zusammenarbeiteten. Unsere speziellen Freunde hatten anscheinend ihr Arbeitsfeld erweitert. Vielleicht würden wir einen Schritt weiterkommen, wenn wir unsere Erkenntnisse mit denen der Kölner in einen Topf werfen konnten. Aber viel Hoffnung hatte Jochen nicht. Nachmittags war er mit Andy unterwegs, ich blieb im Büro zurück.

Akten aufarbeiten, eintönige Routine, manchmal ist es wirklich frustrierend, auf so einem Platz zu sitzen, vor allem, wenn man mit einer größeren Sache nicht weiterkommt und sich die kleinen zu Bergen anhäufen. Gegen vier klingelte das Telefon auf meinem Schreibtisch. Ich nahm den Hörer auf und hatte sogleich Marens Stimme im Ohr.

Etwas Bestimmtes wollte sie angeblich nicht, nur ein bißchen reden. Ihre Stimme klang nach Rauch, nach Salz, nach Lust und ein bißchen nach den Sitzen des kleinen Golfs. »Wann hast du Feierabend, Konni?«

Zuerst biß ich mir auf die Lippen, dann seufzte ich in die Sprechmuschel. Und gleichzeitig versuchte ich mir einzureden, daß Maren mich nicht angerufen hätte, hätte ich ihr in der Nacht zum Sonntag nur ein Wort von Hanne erzählt.

Ihr Mann sei unterwegs, behauptete sie, immer noch in

Sachen Konkursmasse Koska. Und sie langweile sich. Und da sie nun einmal in meiner Nähe sei . . .

»In ein paar Tagen sind wir wieder weg. Ich habe einfach das Gefühl, wir sollten die Zeit nutzen, Konni. Kein Mensch wird etwas erfahren.«

Sie rief aus Köln an, aus dem gleichen Hotel wie damals. »Ich habe sogar das gleiche Zimmer bekommen«, sagte sie. »Ich warte, Konni.« Und ich dachte an Hanne, an die offene und natürliche Art, in der wir miteinander schliefen.

Hanne war nicht prüde, nicht verklemmt. Hanne hatte Spaß an der Sache, war aufgeschlossen und leidenschaftlich. Eine geschlagene halbe Stunde lang versuchte ich mich davon zu überzeugen, daß Maren nichts hatte, was nicht auch Hanne bieten konnte. Daß es für mich absolut keinen Grund gab, nach Köln zu fahren. Aber sehr überzeugend war ich nicht.

Nur noch einmal zum Abschied. Und kein Mensch wird etwas erfahren. Kurz vor fünf stieg ich in meinen Wagen. Ich nahm die Autobahn, ärgerte mich über den Verkehr in der Innenstadt, trommelte mit den Fingerspitzen einen Wahnsinnstakt auf das Lenkrad.

Maren stand am Fenster, als ich das Zimmer betrat. Sie drehte sich langsam zu mir um, und im gleichen Augenblick waren die vergangenen zwanzig und der Reinfall vor neun Jahren vergessen. Ich war wieder achtzehn. Ich war wieder der King, Marens Lover, der während einer Mathestunde von der Sprossenwand in der Turnhalle träumte. Der schon mit sechzehn wußte, daß es mehr als drei Fixpunkte an einem Frauenkörper gibt. Wir gingen in das winzige Bad, kaum Platz genug für uns beide. Gleich unter die Dusche. Maren zog nicht einmal ihr Kleid aus. Da wußte ich, woran es lag. Sie war verrückt, einfach verrückt und Hanne . . . Hanne war eben normal.

Beide Hände gegen die Seiten der Duschkabine gestützt

stand ich da und ließ sie mit Seife und Wasser hantieren. Zehn Minuten, elf, zwölf, fünfzehn. Ein Blick von unten, aus halbverhangenen, glitzernden Augen zu mir herauf. Wassertropfen rannen über ihr Gesicht. »Wie lange hältst du noch durch, Konni?«

Noch ewig, ich mußte nicht einmal rechnen dabei, um mich abzulenken oder zurückzuhalten. Eine Tatsache, die ich einer kleinen Operation in Kindertagen verdanke. Als Junge hatte ich mich deshalb oft benachteiligt gefühlt, bis Maren mir erklärte, das fehlende Hautstück erhöhe den Reiz an der Sache.

Und tropfnaß hinüber ins Zimmer. In der Tür stehend streifte Maren das triefende Kleid ab, ließ die vor Nässe durchscheinende Unterwäsche folgen, kam zum Bett. Nach einer weiteren halben Stunde war sie erst einmal zufrieden.

Zigarettenpause. Mit dem Rücken gegen das Kopfteil des Bettes gelehnt, Marens Kopf im Schoß. »Du kannst mir nicht erzählen, daß du solo geblieben bist«, sagte sie. »Dafür bist du zu gut in Form. Enthaltsamkeit führt zu Erektionsschwierigkeiten, zumindest zu vorzeitigem Samenerguß. Das ist wie beim Sport. Nur wer regelmäßig trainiert, bleibt fit.«

Sie drehte sich auf den Bauch, strich mit den Lippen über meinen Schenkel hinauf. »Also, wer ist sie?«

»Das geht dich einen Dreck an«, erwiderte ich. Maren grinste, schaute mir noch zwei Sekunden lang ins Gesicht, machte weiter. Und zwischendurch murmelte sie undeutlich: »Du wirst es mir schon noch erzählen, aber vielleicht weiß ich es bereits. Es ist die Frau, mit der du das Kind hast, nicht wahr? Du bist noch mit ihr zusammen.«

Ich griff mit beiden Händen gleichzeitig in ihr Haar und riß ihren Kopf zurück. Jetzt war ich es, der grinste. »Schluß für heute«, sagte ich und schob sie von meinen

Beinen herunter. Sie tat ein wenig erschrocken, warf einen Blick auf ihre Armbanduhr, sprang aus dem Bett. »Du hast recht, es ist schon verdammt spät.«

Während ich mich anzog, sammelte sie ihre nassen Sachen vom Boden auf, stopfte sie achtlos in eine Umhängetasche, der sie zuvor trockene Kleidung entnommen hatte. In Windeseile war sie ebenfalls angezogen. Die Umhängetasche nahm sie mit. Zusammen verließen wir das Zimmer, sie verschloß die Tür und gab den Schlüssel wenig später beim Empfang ab.

Ich hatte meinen Wagen irgendwo draußen abgestellt, der ihre stand anscheinend in der Hotelgarage. Sie ging zum Aufzug, ich war bereits auf dem Weg zur Tür. In der Innenstadt herrschte immer noch starker Verkehr. Ich brauchte dreiviertel Stunde bis zur Autobahn und atmete auf, als ich das Gaspedal durchtreten konnte.

Nach einer Weile bemerkte ich im Rückspiegel einen von den Alles-zur-Seite-jetzt-komme-ich-Fahrern. Rasantes Tempo, Finger auf der Lichthupe. Er kam rasch näher, ein heller Opel, Modell der gehobenen Preisklasse, neuglänzender Lack, ein Bergheimer Kennzeichen. Das erkannte ich, den Rest konnte ich nicht gleich entziffern. Da war er auch schon vorbei. Aber ich sah, wer am Steuer saß, scherte nach links aus und gab ebenfalls Gas. Kurz vor der Ausfahrt Kerpen holte ich sie ein. Maren hob die Hand zu einem Gruß. Sie blieb dicht vor mir bis zur Ausfahrt, bog vor mir in die Erfttalstraße ein.

Einen winzigen Augenblick lang dachte ich über das Auto nach. Vermutlich der Wagen ihres Vaters, wenn ihr Mann ebenfalls unterwegs war. Es war nicht so wichtig. Noch einmal bog der Opel vor mir rechts ab, dann nach links in die Stadt. Geradeaus führte die Straße weiter ins Gewerbegebiet. Dort hatte der alte Koska vor Jahren sein Haus auf dem Gelände seines Unternehmens hochziehen lassen. Als einer der ersten, inzwischen gab es mehrere Privathäuser da hinten. Aber sie lagen alle sehr einsam und verstreut. Abends war die Gegend wie ausgestorben.

Ich blieb noch hinter Maren, bis ich selbst in den Nordring einbiegen mußte. Und im stillen grinste ich. Sie mußte wohl noch Einkäufe machen, Hausfrau spielen. Vorstellen konnte ich mir das nicht. Aber irgendwie hatte ich das Gefühl, daß Maren es zwar genoß, ihren frisch Angetrauten zu betrügen, jedoch keinen Wert darauf legte, ihn zu verärgern. Und im Geist sah ich sie dann doch noch vor dem Herd stehen. Und ein gesichtsloser Rex saß am Tisch und wartete auf sein Essen.

Trotz allem war ich früh dran. Das Abendessen stand noch auf dem Herd, als ich heimkam. Oliver saß auf dem Fußboden in der Küche und zeichnete Strichmännchen mit kreisrunden Gesichtern mit schwarzen Glupschaugen, die ebensogut eine Sonnenbrille darstellen konnten, und dunklen Vollbärten in ein Malbuch.

Er wirkte bedrückt und war recht schweigsam. Das war mehr als ungewöhnlich, vor allem, wenn er den Tag bei meinen Eltern verbracht hatte. Da überschlug er sich normalerweise mit seinen Berichten. Opas Eisenbahn und Omas Vögel, von denen einer richtig sprechen konnte. »Anni«, sagte der immer und manchmal auch »Hallo«. Und wenn man einen guten Tag erwischte, kam ein einigermaßen verständliches »Olli«. Heute war anscheinend nichts gekommen.

Hanne deckte den Tisch, ein bißchen müde und abgehetzt wie immer, wenn sie gearbeitet hatte. Beim Essen sprachen wir kaum. Danach durfte Olli noch eine halbe Stunde fernsehen. Sein Malbuch hielt er dabei auf dem Schoß. Hielt es mit beiden Händen umklammert und verfolgte das Geschehen auf dem Bildschirm nur mit halbem

Interesse. Seinem Gesicht nach zu urteilen, war er mit seinen Gedanken ganz woanders.

Ich half Hanne noch rasch in der Küche und erfuhr dabei, daß Oliver im Laufe des Spätnachmittags mehrfach versucht hatte, mit seinem Freund Sven zu telefonieren. Hanne ihrerseits hatte es von meiner Mutter gehört, die sich mächtig darüber aufgeregt hatte, wie unser Kleiner am Telefon abgefertigt worden war.

Auch an dem Mittwoch war Sven Godberg nicht im Kindergarten gewesen. Verständlich, eine Grippe verging nicht innerhalb von vierundzwanzig Stunden. Was Hanne nicht verstand, war die angebliche Unfreundlichkeit, mit der eine barsche Männerstimme Oliver aufgefordert hatte, den Hörer aufzulegen.

»Ich möchte wirklich wissen, was da vorgefallen ist. Alex ist zwar ein komischer Kauz, aber normalerweise ist er immer freundlich mit den Kindern. Olli muß wirklich was ausgefressen haben. Aber darüber kann man doch reden. Da muß man doch nicht so auf stur schalten.«

Die Küche war aufgeräumt, wir gingen ins Wohnzimmer. Und über ihren eigenen Bericht hatte Hanne sich dermaßen erregt, daß sie nun selbst zum Telefon griff. Bevor sie die Nummer der Godbergs wählte, schaute sie erst mich, dann Oliver mit einem nachdenklichen Blick an. »Paß auf, Schatz, jetzt versuche ich es einmal. Das wäre doch gelacht, wenn du Sven nicht wenigstens gute Besserung wünschen könntest.«

Hanne drückte sich den Hörer ans Ohr. Ich stellte den Fernsehton ab, und Olivers Blick hing hoffnungsvoll am Gesicht seiner Mutter.

»Und sag auch, daß ich mein Buch wiederhaben muß.«

Hanne nickte.

Gleich darauf sagte sie: »Neubauer. Entschuldigen Sie die Störung, Alex. Kann ich rasch mit Ella sprechen? Ich möchte mich nur erkundigen, wie es dem Kleinen geht.«

Hanne lauschte, zog die Stirn in Falten, ein Ausdruck von Erstaunen, Mißtrauen und Nachdenklichkeit huschte über ihr Gesicht. Dann sagte Hanne noch: »Das tut mir leid. Hoffentlich ist es morgen besser.«

Oliver stand längst neben ihr, streckte schon erwartungsvoll die Hand nach dem Hörer aus. »Mein Buch, Mama.«

Aber Hanne legte auf. »Sven schläft schon, Schatz, für dich wird es auch Zeit. Komm ins Bad, Zähne putzen. Wir versuchen es morgen noch mal.«

Ich schaltete auf das erste Programm, warf einen Blick in die Tagesschau, bekam nur die Hälfte mit. Das Gesicht des Sprechers wurde immer wieder von Marens Gesicht überlagert. Ein angespanntes, in Lust verzerrtes, erregendes Gesicht. Und die Bilder der Schauplätze von wichtigen Tagesereignissen bedeckten sich mit den Wassertropfen der Dusche. Ich kämpfte dagegen an, so gut es eben ging.

Im Bad lief das Wasser, Oliver prustete dazwischen, versuchte zu gurgeln, begann zu husten. Wenig später bekam ich noch einen Kuß auf die Wange und zwei runde Arme für einen Augenblick in den Nacken gelegt. Oliver schaute mir tief in die Augen. Zwei Sekunden Schweigen, eine Miene aus Unsicherheit und sorgfältigem Abwägen. »Wenn ich dir was zeige, Papa, hab' ich dir nichts gesagt, oder?«

Ich schüttelte ernsthaft den Kopf, Oliver griff nach dem Malbuch. Er blätterte ein paar Seiten um, tippte mit dem Finger auf eines der Strichmännchen, dessen untere Gesichtshälfte völlig mit schwarzen Kringeln ausgefüllt war. Nur die Zähne stachen weiß und spitz hervor. »So sieht der Rex aus. Und er war viel größer als der Papa von Sven. Er hat ihn gehauen. Ganz feste – ins Gesicht. Das darf man gar nicht, oder?«

Halbherzig schüttelte ich den Kopf. Oliver fuhr mit

besorgter Miene fort: »Bestimmt hat er Sven auch gehauen. Und deshalb ist er krank. Und damit er nichts sagt, darf er nicht in den Kindergarten. Kannst du nicht mal nachsehen, Papa?«

Hanne brachte ihn ins Bett mit dem heiligen Versprechen, daß ich gleich morgen aufbrechen würde, um sämtliche Dinosaurier auf einmal zu verhaften. Dann kam sie zurück, blieb kurz bei der Tür stehen, wieder mit diesem nachdenklich mißtrauischen Ausdruck auf dem Gesicht.

»Himmel, war der kurz angebunden. Er sagte, Ella sei nicht da. Wo soll sie denn sein um diese Zeit? Sie läßt ihn doch nicht mit dem kranken Kind allein. Sonst ist sie auch immer wie eine Glucke. Ich meine auch, ich hätte sie im Hintergrund reden hören. Er war jedenfalls nicht allein. Ich bin doch nicht blöd. Ich habe genau gehört, daß ihn eine Frauenstimme fragte, wer dran sei, und er solle auflegen.«

Irgendwann in der Nacht rüttelte Hanne mich an der Schulter. Ich brauche nie lange zum Aufwachen, und gleich als ich die Augen aufschlug, hörte ich Olivers Schluchzen aus dem Nebenzimmer. Hannes besorgtes Gesicht hing dicht über mir.

»Komm doch mal, bitte. Ich kriege ihn nicht ruhig.«

Anscheinend hatte Oliver schlecht geträumt. Er saß aufrecht im Bett, zitterte am ganzen Körper, schluchzte und starrte auf einen unbestimmten Punkt an der Wand. Noch halb im Schlaf warf er mir die Arme um den Hals, als ich mich zu ihm setzte. »Da war die böse Frau am Fenster«, stammelte er, »und die hat gesagt, der Rex soll die Kinder holen.«

Das feuchte Gesicht gegen meine Brust gepreßt, stotterte Oliver sich seinen Alptraum von der Seele. Nur ganz allmählich fand er in die Realität zurück. Nachdem die ärgsten Schluchzer verebbt waren, versuchte ich ihn zu beruhigen. Ich legte ihn zurück in die Kissen, deckte ihn zu. »Du hast nur böse geträumt. Es war niemand da. Den Rex gibt es nur im Kino.«

Oliver widersprach: »In meinem Buch ist er auch drin. Und dann ist er zu Sven gekommen. Er hat Tante Ella mitgenommen. Er wollte auch Sven mitnehmen. Aber da hat sein Papa gesagt, der Junge bleibt hier, sonst spiele ich nicht mit. Und da hat der kleine Mann gesagt, dann muß die Frau auch hierbleiben.«

Oliver nickte sich selbst eine düstere Bestätigung zu. Und ich fragte mich flüchtig, was er wohl tagsüber wieder gesehen hatte. Ich war ein bißchen wütend auf Hanne. Sie wußte doch, wie er auf Filme und dergleichen reagierte, da mußte sie ihn doch nicht jeden Quatsch sehen lassen.

Vielleicht hätte ich viel früher beginnen müssen, ernsthaft über Olivers Alptraum und andere Merkwürdigkeiten nachzudenken. Aber ich kannte seine lebhafte Phantasie zur Genüge, und falls die Godbergs irgendwelche Probleme hatten, so gingen die mich nichts an. Ich war mit meinen eigenen Problemen vollauf beschäftigt.

Als Hanne mir am nächsten Abend erzählte, daß sie dreimal bei den Godbergs angerufen, daß sie jeweils nur mit dem Hausherrn gesprochen, daß er ihrer Meinung nach zweimal fadenscheinige Ausreden gebraucht hatte, hörte ich ihr gar nicht richtig zu.

»Zuerst behauptete er, Ella sei gerade zum Einkaufen. Nach Mittag erklärte er mir dann, sie hätte sich ein bißchen hingelegt, und zuletzt hieß es, sie sei mit dem Jungen für ein paar Tage zu ihrer Schwester gefahren. Ellas Schwester lebt in Frankfurt. Als ob sie mit einem kranken Kind in der Gegend herumfährt.«

Hanne war so weit gegangen, Alex Godberg zu fragen, was denn Montag passiert sei, und ob man die Sache nicht regeln könne, wie unter erwachsenen Menschen üblich. Sie hatte sich zwar nicht direkt beschwert, hatte jedoch Ellas und auch sein Verhalten gerügt. »Sie hätten mich nur anrufen brauchen, dann hätte ich Oliver abgeholt. Haben die beiden gestritten, oder was war los?«

Gestritten hatten sich die Kinder angeblich nicht. Allerdings sei Sven schon am Montag nachmittag unpäßlich und quengelig gewesen, habe über Leibschmerzen geklagt und sich übergeben müssen, so daß Ella sich entschlossen habe, gleich mit ihm einen Arzt aufzusuchen. Und in der Aufregung habe man unseren Kleinen erst einmal vergessen. Entschuldigt hatte Alex sich bei Hanne, hatte sich noch im nachhinein erkundigt, ob Oliver denn wohlbehalten daheim angekommen, und ob mit ihm alles in Ordnung sei. Nicht daß er sich noch angesteckt habe.

»Dem hätte ich gerne mal nach dem Puls gefühlt«, sagte Hanne, über das Reden erneut in Wut geraten. »Was meinst du, was ich dem erzählt hätte, wenn Olli nicht wohlbehalten daheim angekommen wäre. Nicht auszudenken, so was.«

Ich konnte immer nur mit einem Ohr zuhören. Das zweite wurde von Marens Stimme blockiert, vielleicht auch von meiner eigenen, die ständig etwas von starkem Willen und Nein-sagen, von Nur-noch-einmal-zum-Abschied und kein-Mensch-erfährt-was-davon daherplapperte. Ich kam nicht zur Ruhe, so oft ich mir das auch einzureden versuchte.

Maren ließ nicht locker, ich hätte es wissen müssen, ich kannte sie doch. Nur kannte ich mich selbst wahrscheinlich nicht so genau. Und es ist ein großer Unterschied zwischen wollen und können. Ich wollte Hanne nicht hintergehen, nicht betrügen, ich wollte Maren nicht wiedersehen. Ich wollte wirklich nicht. Mit Suchtgiften sollte man vorsichtig umgehen.

Nur noch einmal zum Abschied, von wegen. Aber wie

ein Süchtiger redete ich mir ein, es sei das letzte Mal. Danach könnte ich jederzeit nein sagen, abwinken. Ich war nicht mehr achtzehn, ich hatte doch einen Willen. Und freitags rief Maren kurz nach neun in unserer Wohnung an. Hanne nahm den Anruf entgegen. Horchte sekundenlang, gab zögernd Auskunft: »Ja, der ist hier.«

Sie hielt mir mit einem Achselzucken den Hörer hin und bedeutete mir mit einer weiteren Geste, sie habe keine Ahnung, wer mich zu sprechen wünsche.

Ich erkannte die Stimme sofort, auch wenn Maren einen falschen Namen nannte. Sie gab sich sehr diszipliniert, höflich und unaufdringlich. »Entschuldigen Sie, daß ich Sie sogar privat belästige, Herr Metzner. Ich rufe wegen meinem Mann an. Er ist schon wieder unterwegs. Dabei hat er mir doch versprochen, daß er ... Ich ...« Die Stimme brach recht effektvoll.

Sie hätte zum Theater gehen sollen, dachte ich.

»Ich wußte mir nicht anders zu helfen.« Verfluchtes Biest, vielleicht befürchtete sie, daß Hanne mithörte. »Ich weiß, wohin er gefahren ist. Wieder die gleiche Stelle, mein Gott, wird das denn nie aufhören?«

Und immer so weiter. Sie war wirklich gut in der Rolle. Besorgte Ehefrau eines kleinen Gauners wendet sich in ihrer Not an den Hauptkommissar persönlich, um das Schlimmste zu verhindern. Und mein Puls beschleunigte sich ganz automatisch. Neben Marens Stimme kam ein Rauschen auf, das Blut in den Ohren, das mit aller Macht aus dem Schädel abwärts drängte, das Becken füllte, die Kniegelenke nachgiebig machte.

Und ich sagte: »Ich werde sehen, was ich machen kann.«

»Mußt du noch einmal weg?« fragte Hanne resignierend. Ich zuckte mit den Schultern und grinste verlegen das miese Gefühl beiseite.

Kaum Verkehr auf der Autobahn, nur zwanzig Minuten bis zum Stadtrand von Köln. Grüne Welle, das Schicksal ganz auf meiner Seite. Das Hotelzimmer, gute Mittelklasse, neutrale Einrichtung, ein Bett, ein Teppich, eine Duschkabine, ein kleiner Tisch. Er war nicht sehr standfest, knarrte und wackelte verdächtig unter Marens Gewicht und den Stößen meiner Wut. Es muß Wut gewesen sein. Wut und Verzweiflung. Laß mich los, du Hexe! Ich habe mir den Frieden verdammt teuer erkämpft.

Manchmal schrie sie leise auf, ob vor Lust oder Schmerz, war mir egal. Einmal murmelte sie: »Ich muß verrückt sein, da kann man nicht viel machen.«

Einmal fluchte sie auf ihren Vater. »Dieser Scheißkerl. Er hätte sich nicht einmischen sollen. Vielleicht hätte es doch geklappt mit uns beiden. Ich hätte dir das Bürgertum schon ausgetrieben.«

Vom Tisch auf den Teppich, weiter zum Bett, einmal quer durch das Zimmer. Maren keuchte, kämpfte, grub mir die Fingernägel in Hüften und Schultern, zog tiefe Rillen in die Haut, preßte mir mit den Beinen die Luft aus den Lungen. Mit hochrotem Gesicht hockte sie schließlich über mir, hielt mitten in der Bewegung inne, ließ sich nach vorne fallen. »Ich kann nicht mehr, Konni. Machen wir eine kleine Pause.«

Mir dröhnte der Kopf. »Wenn du noch einmal in meiner Wohnung anrufst«, sagte ich, »prügele ich dich windelweich.«

»Deine Wohnung?« konterte Maren spöttisch. »Der Telefonanschluß läuft auf den Namen Neubauer. Hanne Neubauer, so hat sie sich auch gemeldet.«

Sie rollte sich endlich auf die Seite, blieb mit dem Kopf auf meiner Brust liegen und zog mit einem Fingernagel einen Kreis über meine Rippen. Eine volle Minute verging. Ich schwieg. Maren schwieg ebenfalls, der Nagel glitt an meinen Rippen entlang zur Seite. Ich zuckte leicht zusammen, als sie ihn fester in das weiche Fleisch drückte.

»Warum hast du mir nicht gesagt, daß du mit einer Frau zusammenlebst?«

»Wer hat dir die Nummer gegeben, der dicke Müller?«

Maren richtete sich auf, schaute mir mit einem merkwürdigen Ausdruck ins Gesicht. »Nein«, sagte sie knapp. Ihr Blick veränderte sich, bekam etwas Abfälliges und Überlegenes.

»Hanne Neubauer also.« Etwas wie ein Grinsen huschte um Marens Lippen. »Es war nur ein Versuch. Bist du immer dort, oder warst du nur zu Besuch? Ein bißchen Vater spielen? Das Kind hast du jedenfalls mit ihr. Dein Sohn heißt Oliver Neubauer, hab' ich recht?«

»Wenn du noch einmal anrufst«, setzte ich erneut an. Maren winkte ab. »Du wiederholst dich, Konni. Dann schlägst du mich windelweich. Das Risiko gehe ich ein. Vielleicht mag ich das sogar. Diese Variante haben wir beide noch nicht ausprobiert. Und ich dachte schon, wir hätten alle durch.«

Wieder zog ihr Fingernagel eine Spur über meine Haut. Ihre Stimme klang träge. »Erzähl mir ein bißchen von dem Kleinen. Ist er ein Schaf, oder schlägt er eher nach dir? Ein kleiner Rabauke, ein Schlitzohr? Ist er stolz auf dich? Kleine Jungs sind immer stolz auf ihre Väter, nicht wahr? Papa ist ein starker Mann. Mein Papa ist Polizist, das imponiert ihm doch sicher. Und wenn ihm dann einer dumm kommt, droht er mit Papa, und abends erzählt er brühwarm, wer ihm tagsüber auf die Füße getreten ist. So stelle ich mir deinen Feierabend vor.« Sie lachte leise, fügte in spöttischem Ton hinzu: »Konni Metzner und das Familienleben, Kapitel eins: Mein Sohn und ich.«

Ihr Kopf lag wieder auf meiner Brust, rutschte ganz allmählich tiefer. Aber sie hätte Oliver nicht ins Spiel bringen dürfen. Es hatte mich mit einem Schlag ernüchtert. Als ich mich anzog, fragte Maren: »Wenn ich nicht bei dir anrufen darf, wo kann ich dich sonst im Notfall erreichen?«

»Heb dir die Notfälle für deinen Mann auf«, gab ich zurück und zog die Jacke über. Eine knappe Stunde später kroch ich neben Hanne ins zweite Bett. Hanne schlief. Ich hatte das Bedürfnis, sie in den Arm zu nehmen. Aber ich wagte nicht einmal, die Hand nach ihr auszustrecken. Eine ganze Weile lag ich noch auf der Seite, Hannes Schulter wie eine dunkle Kugel vor Augen. Ihr leichter Atem machte mich ganz weich. Ich hatte vorher nicht gewußt, wie sehr ich Hanne liebte.

Es war alles so absurd, so hirnrissig. Ich stellte mir vor, daß Maren jetzt ebenfalls in einem Bett lag, neben sich ihren schlafenden Mann. Ein ahnungsloser Trottel oder Macho, der sich seit zwei Monaten glücklich wähnte. Verheiratet mit Maren Koska, Konkursverwalter für ihren Vater. Und während er in der Gegend herumfuhr, regelte, was noch zu regeln war, pfiff Maren einmal, und ich sprang. Dann war ich vermutlich der größere Trottel. Ich rannte freiwillig und mit offenen Augen ins blanke Messer.

Beim Frühstück am nächsten Morgen erkundigte Hanne sich, ob es sehr spät geworden sei. Es war bereits zehn vorbei, ich fühlte mich immer noch ganz zerschlagen. Hanne goß mir noch einmal Kaffee ein. »Wer war die Frau, Konrad?«

»Der Name sagt dir doch nichts.«

Hanne setzte sich, zuckte mit den Achseln. »Und was wollte sie von dir?«

Ich wollte sie nicht belügen und warf ihr den Blick zu, mit dem sich jede weitere Frage unterbinden ließ. Laufende Ermittlungen. Hanne nickte kurz, grinste resignierend und ging zur Tagesordnung über. Sie zählte auf, was bis zum Mittag noch erledigt werden mußte: ein paar Einkäufe, ein bißchen Hausputz. Die Einkäufe fielen mir zu. Hanne notierte rasch, was gebraucht wurde. »Nimmst du Olli mit? Sonst läuft er mir hier nur im Weg rum.«

Kurz vor elf verließ ich zusammen mit Oliver die Wohnung. »Können wir auch mein Buch holen, Papa?«

»Machen wir alles auf einem Weg«, sagte ich.

Zuerst zum Bäcker, dann zum Fleischer, zum Supermarkt. Die Läden waren voll, vor den Kassen lange Schlangen, Oliver zappelte ungeduldig an meiner Hand, konnte es kaum erwarten, daß ich die Taschen im Kofferraum verstaute. Und schließlich zum Haus der Godbergs. Ich hielt am Straßenrand, stieg aus, beugte mich nach hinten in den Wagen, wollte Oliver aus seinem Sitz nehmen. Er schaute mit einem ängstlichen, aber auch faszinierten Blick zu der Haustür hin.

»Geh du doch, Papa.«

»Ist es mein Buch oder deines?« gab ich zurück.

Olivers Blick löste sich kurz von der Haustür, richtete sich auf mein Gesicht. »Ich bleib' lieber im Auto.«

Seine Miene war eine einzige Bitte, als er flüsternd anfügte: »Vielleicht ist die böse Frau immer noch da. Und wenn sie mich sieht, ruft sie wieder den Rex.« Und zur Sicherheit duckte Olli sich tief in seinen Sitz hinein, lugte gerade noch mit den Augen seitwärts durch die Scheibe.

Ich wäre ebenso gerne im Wagen geblieben. Godberg mochte wer weiß was denken, wenn plötzlich einer von der Kripo vor seiner Tür stand. Links neben der Haustür lag ein Fenster, dahinter befand sich die Küche. Das wußte ich noch. Die untere Hälfte des Fensters war mit einer Gardine bespannt. Ganz kurz sah ich darüber den Kopf einer Frau, weißblondes Haar, nur einen winzigen, flüchtigen Augenblick lang. Vielleicht nur eine optische Täuschung. Der Kopf verschwand gleich wieder, und ich kannte Ella Godberg nicht. Der kleine Sven war dunkelhaarig wie sein Vater.

Und Alex Godberg kannte Olivers Vater nicht, sah in mir nur den Polizisten. Er zuckte merklich zusammen, als er mir die Tür öffnete. Atmete vor Erleichterung hörbar aus, als ich mich in privater Mission äußerte. Aber anscheinend brachte ihn mein simples Anliegen in erhebliche Schwierigkeiten.

Zuerst einmal kam die Erklärung: »Meine Frau ist leider nicht da.« Dann die zögernde Feststellung: »Da müßte ich einmal nachsehen.«

Es vergingen noch etliche Sekunden, in denen er den Blick nicht von meinem Gesicht ließ. Er schien mit sich zu ringen, es hatte ganz den Anschein, daß er etwas sagen wollte. Aber dann murmelte er nur: »Es dauert einen Moment.«

Die Haustür wurde vor meiner Nase wieder geschlossen. Ich drehte mich zum Auto um, sah Oliver mit der Nase gegen die Scheibe gedrückt die Szene verfolgen. Und irgendwo im Haus klang eine Kinderstimme auf. Ich hatte sie schon gehört, mehr als einmal. Sven Godberg war also nicht mit seiner Mutter nach Frankfurt gefahren. Das Kind hielt sich im Haus auf, soviel stand fest. Und Ella Godberg schien ebenfalls daheim zu sein, wen sonst hatte ich hinter dem Küchenfenster gesehen?

Alex Godberg brauchte erheblich länger als einen Moment, um Olivers Buch zu finden. Es vergingen mindestens fünf Minuten, ehe die Haustür wieder geöffnet wurde. Dann stand er vor mir, drehte das dünne Buch in der Hand.

»Ist der Kleine wieder auf den Beinen?« fragte ich. Und als hätte ich seine allererste Erklärung nicht gehört, fügte ich an: »Schönen Gruß von Hanne an Ihre Frau.«

Godberg starrte mich an, als hätte ich ihm gerade seine Rechte vorgelesen und gleichzeitig verkündet, daß sie in seinem Fall nicht zur Anwendung kommen könnten. Er drückte mir das Buch förmlich in die Hand.

»Ich wußte gar nicht, daß Sie ...« Ein sonderbar verlegenes, irgendwie hilfloses Lächeln an mir vorbei zum Wagen. Alex Godberg hob flüchtig die Hand und winkte

Oliver zu. »Ich wußte nicht, daß Olivers Vater, ich meine, daß Sie . . .«

Er brachte es nicht über die Lippen. Und ich ertappte mich bei einem Blick zum Küchenfenster. Über der Spanngardine waren ein paar Schränke zu sehen, Einbauküche, Eiche rustikal, aber kein einziges weißblondes Haar.

»Ist Ihre Frau wirklich nicht da?« fragte ich, lachte und zeigte mit dem Daumen über die Schulter zum Auto. »Hanne fragt sich die ganze Woche schon, was unser Herzbube bei Ihnen ausgefressen hat. Er will nicht raus mit der Sprache.«

Alex Godberg senkte den Kopf, betrachtete die Keramikfliesen unter seinen Füßen, räusperte sich. »Ist nicht der Rede wert, wirklich nicht.« Er schaffte ein jungenhaftes Lächeln und winkte noch einmal zu Oliver hin. Die Frage nach seiner Frau ließ er unbeantwortet.

Als ich ins Auto stieg, sagte Oliver: »Ich hab' mich hinter dem Mülleimer versteckt. Da konnte mich keiner sehen.«

Dabei zeigte er zur anderen Straßenseite hinüber, dort stand einer von den großen Eimern neben der Einfahrt. Sein Buch hatte er achtlos neben sich auf den Sitz gelegt. Ich achtete gar nicht auf ihn, fuhr an, wendete, sah aus den Augenwinkeln den spaltbreit offenen Torflügel von Godbergs Garage. Ich sah ein Stück vom Wagen in der Garage, ein heller Opel. Das gleiche Modell, das Maren Mittwoch gefahren hatte. Vom Kennzeichen konnte ich nur die ersten beiden Buchstaben erkennen. BM, natürlich, BM, jeder Wagen im Erftkreis trägt dieses Kürzel auf dem Kennzeichen.

Der Lack war stark eingestaubt, die Kotflügel mit Dreck beschmiert. Es war absurd, überhaupt darüber nachzudenken. Maren hatte nichts mit den Godbergs zu tun, absolut nichts, sie konnte die Familie nicht einmal kennen. Es gab wohl mehr als einen hellen Opel mit Bergheimer Kennzeichen. Und was ich hinter der Scheibe gesehen hatte, konnte eine optische Täuschung gewesen sein. Oder Ella Godberg hatte ebenfalls weißblondes Haar, und ihr Mann schwindelte aus einem Grund, den nur er allein kannte.

Als wir daheim ankamen, erkundigte ich mich bei Hanne in harmlosem Plauderton nach Ella Godberg. Körpergröße, Haarfarbe und eventuell die Adresse der Schwester in Frankfurt. Hanne war noch mit dem Fenster im Wohnzimmer beschäftigt. Gab erst einmal bereitwillig Auskunft. Ungefähr meine Größe, dunkelblond. Die Adresse der Schwester kannte sie nicht. Dann erst wurde Hanne stutzig.

»Warum fragst du nach ihr?«

»Weil ich eine Frau im Haus gesehen habe«, sagte ich, »aber die war nicht dunkelblond.«

Die Hand mit dem Fensterleder verhielt mitten auf der Scheibe. Hanne starrte mich sekundenlang ungläubig und betroffen an. »Du meinst, Alex hatte eine andere Frau bei sich?«

»Es kann auch eine Kundin gewesen sein«, schwächte ich ab.

Hanne senkte den Kopf, hob ihn wieder. »Ob Ella ihn verlassen hat, weil er sie betrügt?«

Darauf wußte ich keine Antwort. Es juckte mich in den Fingern, bei Godberg anzurufen. Nicht nach seiner Frau, sondern nach Maren zu fragen. Gleichzeitig suchte ich nach allen nur denkbaren Erklärungen für den Fall eines Falles. Daß Maren ein Verhältnis mit Alex Godberg hatte, konnte ich mir nicht vorstellen. Aber vielleicht gab es eine geschäftliche Beziehung, die mit dem Konkurs des Bauunternehmens zusammenhing.

Minutenlang strich ich durch das Wohnzimmer wie ein räudiger Hund, zum Telefon und davon weg, bis es Hanne auffiel. Dann verging der Drang allmählich. Ich kam mir vor wie ein Idiot, der sich von einer Haarsträhne und zwei Kinderstimmen aufscheuchen ließ. Die weinerlich klingende Stimme des kleinen Sven. Und Olivers Stimme.

Die böse Frau am Fenster. »Wenn ich dir etwas zeige, hab' ich dir noch nichts gesagt.« Ein Strichmännchen mit Vollbart und Sonnenbrille. »Und er hat den Papa von Sven gehauen. Ganz feste ins Gesicht. Und Svens Papa hat gesagt: ›Der Junge bleibt hier, sonst spiele ich nicht mit.‹ Und dann hat der andere Mann gesagt: ›Dann muß die Frau auch hierbleiben.‹« Tröpfchenweise über die Woche verteilt.

Schauergeschichten eines phantasievollen Knaben, der sehr wahrscheinlich eine chinesische Vase aus der Ming-Epoche oder etwas ähnlich Wertvolles zerbrochen hatte? Ich fühlte ein leichtes Brennen im Magen und gleichzeitig eine widerliche Taubheit im Hirn.

## 3

Nachmittags waren wir bei meinen Eltern. Mein Vater hatte Geburtstag. Offiziell gefeiert werden sollte am nächsten Tag, da würden auch meine Brüder mit ihren Familien anwesend sein. Da wir praktisch nur um die Ecke wohnten, mußten wir zumindest schon einmal gratulieren. Und anschließend zum Kaffee bleiben. Und kaum saßen wir am Tisch, erschien zuerst mein älterer Bruder, kurz nach ihm der jüngere. Es geht doch nichts über ein harmonisches Familienleben.

Mutter ging noch einmal in die Küche, um frischen Kaffee aufzubrühen. Mich winkte sie mit einer energischen Geste hinterher. »Konrad«, sprach die Frau Mama in strengem Ton und legte gleich los, stemmte beide Arme in die Hüften. Ihr Blick hatte etwas von einer Bohrmaschine. Es war mehr als nur unangenehm. »Gestern abend hat dieses Weib hier angerufen. Sie wollte dich sprechen.«

Die Intensität des Blickes steigerte sich, bekam die Qualität und Durchdringlichkeit von Röntgenstrahlen. »Kannst du mir mal erklären, was die nach all den Jahren jetzt wieder von dir will?«

Das konnte ich nicht. Das Thema schien mir kaum geeignet für einen gemütlichen Nachmittag im Familienkreis. Außerdem reagierte jeder derzeit in der Wohnung Anwesende auf den Namen Maren Koska mit allergischen Ausschlägen. Und es gab ja unverfängliche Auslegungen. Schließlich hatte ich Maren nur zufällig anläßlich des Klassentreffens ... Und sie war auch nur in der Stadt, um die Angelegenheiten ihres gerade verstorbenen Vaters ...

»Blödsinn«, schnaubte meine Mutter dazwischen. »Was gibt's denn da noch zu regeln, nach einem halben Jahr?«

Wie immer war sie bestens informiert über alles, was in der Stadt vorging. Der alte Koska war schon Anfang Oktober letzten Jahres beerdigt worden, in aller Stille, nicht mal eine Todesanzeige in der Rundschau. Und die einzige Tochter, sein Herzblatt, seine Prinzessin Silberhaar, fand es überflüssig, die trauernde Hinterbliebene zu spielen.

»Zum Begräbnis kam sie nicht, aber anschließend absahnen.«

Konkurs hatte der Alte nicht gemacht. Die Firma war aufgelöst worden. Alle Leute einfach auf die Straße gesetzt. Ein paar kleinere Bauvorhaben gerade noch fertiggestellt, größere Projekte an die Konkurrenz abgetreten. Mir gegenüber etwas zu erwähnen, hatte niemand für nötig befunden. Wozu auch? Was hatte ich denn noch mit den Koskas zu tun?

»Ich hab' gedacht, mich trifft der Schlag«, sagte meine Mutter, »als die hier anrief.«

Und natürlich hatte sie Maren auf der Stelle und in aller Deutlichkeit erklärt, daß ich in festen Händen sei. Dann hatte wahrscheinlich meine Mutter dafür gesorgt, daß Maren erfuhr, wo ich zu erreichen war. Und ich hatte schon den dicken Müller verdächtigt. Mutters Gesicht bestand nur noch aus Besorgnis.

»Konrad, du wirst doch nicht wieder . . .«

Ich schaffte ein zuversichtliches Lächeln, nahm sie kurz in den Arm und tätschelte ihr beruhigend den Rücken. »Wofür hältst du mich eigentlich?«

Sie schüttelte immer noch sorgenvoll den Kopf. »Das geht nicht gut, wenn die in der Nähe ist. Das haben wir doch schon einmal erlebt.« Die Stimme wurde um eine Spur schärfer. Da fehlte nur der erhobene Zeigefinger.

»Konrad, wenn ich dahinterkomme, daß du dich wieder mit ihr einläßt, dann ist hier die Tür ein für allemal zu. Merk dir das. Damals war es schon schlimm, aber da war kein Kind da, das drunter leiden mußte. Aber jetzt . . .«

Ich hatte genug, und ich konnte nicht einmal heftig reagieren. Es war noch keine vierundzwanzig Stunden her, daß ich Maren quer durch ein Hotelzimmer geliebt hatte. Und jetzt sollte ich hier in der Küche meiner Mutter in die ängstlichen Augen sehen und schwören, daß ich nie, niemals, nie wieder, daß ich nicht einmal im Traum daran dachte und so weiter.

Das schaffte ich auch noch, ohne eine Miene dabei zu verziehen. Geliebt hatte ich Maren vor ewigen Zeiten, mit der ganzen Glut meiner achtzehn Jahre. Jetzt war das etwas anderes. Etwas, das ich keinem Menschen, auch mir selbst nicht, erklären konnte.

Da kämpfte unentwegt etwas in mir. Es war die gleiche Art vom Kampf, die ein Ertrinkender gegen den Rettungsschwimmer führt. Doch ich brachte es immerhin fertig, meine Mutter halbwegs davon zu überzeugen, daß ich mit der Zeit immun geworden war.

Sie fühlte sich anschließend verpflichtet, Hanne zu warnen. An diesem Nachmittag erfuhr Hanne dann auch noch die allerletzten Details der ersten Fortsetzung des Dramas Maren Koska und Konrad Metzner. Wie es tatsächlich zu meiner Scheidung gekommen war.

Sie wechselten sich ab, Mutter, Vater, Brüder. Jeder wußte noch ein bißchen mehr als der andere. Daß Maren damals weiß Gott nicht bloß wegen der Beerdigung ihrer Mutter zurückgekommen war. Wann hatte die sich denn einmal um ihre Eltern gekümmert? Die hatte doch schon als Kind nichts anderes im Kopf als ihr eigenes Vergnügen.

Mit vierzehn das erste Mal auf frischer Tat ertappt, von dem alten Dings, ach, wie hieß der noch? Ist ja egal, jedenfalls von dem damaligen Leiter der Polizeiwache. Die war ja damals noch in Horrem, und Maren trieb sich da ständig am Bahnhof herum. Ließ sich angeblich sogar von schrägen Vögeln unter den Rock greifen. Ließ sich angeblich sogar Geldscheine dafür zustecken, als ob der alte Koska ihr nicht jeden Wunsch von den Augen abgelesen hätte.

Und was hatte sie für ihn getan? Einen Dreck! Oder für ihre arme Mutter? Noch weniger als einen Dreck! Die kam doch damals nur aus einem Grund zurück. Setzte alle Hebel in Bewegung, um meine neue Anschrift zu erfahren, um mich dann ›zufällig‹ im Hallenbad zu treffen. In einem Nichts von Bikini, vor den Augen meiner armen, ahnungslosen Frau. Dann begannen die Anrufe, meist am Abend, ein wahrer Psychoterror. Maren gab nicht eher Ruhe, bis alles zerstört war.

»So war sie schon immer«, wußte meine Mutter zu berichten. »Ein verzogenes Gör, dem eine Tracht Prügel hin und wieder bestimmt nicht geschadet hätte. Aber der alte Koska hat es ihr hinten und vorne zugesteckt.«

Hanne nahm das alles gelassen zur Kenntnis, nur einmal streifte sie mich mit einem Blick, der alles Mögliche bedeuten konnte. Auf dem Heimweg stellte sie schließlich in nüchternem Ton fest: »Sie hat gestern bei uns angerufen.«

Ich nickte, faßte Olivers Hand ein bißchen fester.

»Und du hast dich mit ihr getroffen?«

»Ja.«

Aus den Augenwinkeln bemerkte ich, daß jetzt Hanne nickte und sich kurz auf die Lippen biß. »Wann siehst du sie wieder?«

»Vermutlich gar nicht.«

Auf die üblichen Fragen in solchen Fällen verzichtete Hanne völlig. Sie brachte Oliver ins Bett, ging anschließend ins Bad und schloß die Tür hinter sich. Das tat sie sonst nur selten. Zehn Minuten lang hörte ich dem Wasserrauschen zu, dann wurde es ganz still. Kein Ton mehr. Als Hanne nach mehr als einer Stunde endlich im Wohnzimmer erschien, hatte sie ihren Bademantel übergezogen. Den trug sie sonst nur nach dem Aufstehen.

»Vermutlich«, sagte sie leise, während sie zu einem der Sessel ging, »ist keine Garantie.«

Sie setzte sich, schlug die Beine übereinander, zupfte den Bademantel über dem entstehenden Spalt zusammen, hielt den Blick auf ihre bedeckten Knie gerichtet.

»Willst du eine Garantie?« fragte ich.

Hanne zuckte mit den Schultern und lachte plötzlich. »Nach allem, was ich eben gehört habe, scheint mir das nicht sehr sinnvoll.« Sie lachte noch einmal, es klang in keiner Weise fröhlich. »Gegen Katastrophen ist man ziemlich machtlos. Man kann nur hoffen, daß sie schnell vorüberziehen und zusehen, daß man mit heiler Haut davonkommt.«

Der Bademantel störte mich, er war wie eine Wand aus massivem Stahlbeton. Daß sie in dem Sessel saß, störte mich vielleicht noch mehr. Und am meisten störte mich, daß ich darüber erleichtert war. Ich hätte an diesem Abend nicht mehr den großen Liebhaber spielen können.

Den Sonntagvormittag brachten wir mit viel Mühe und wenig Anstand hinter uns. Hanne war verletzt, natürlich war sie das. Sie bemühte sich um Haltung. Im Grunde war sie großartig, und ich war fest entschlossen. Eine seit Jahren prächtig funktionierende, harmonische Beziehung setzt man nicht aufs Spiel, um sich an einem heißen Eisen die Finger zu verbrennen.

Nur noch einmal zum Abschied.

Und dabei vielleicht ein paar Fragen stellen. Oder auch nicht.

Ich hatte das Gefühl, in einem Faß zu stecken. Einem sehr großen Faß, gefüllt mit Sirup. Und da paddelte ich nun wie ein hilfloses Insekt, zog Schlieren in den zähflüssigen Brei, schnappte nach Luft und wußte genau, es war alles vergebens. Ich mußte dringend mit einem Menschen reden. Es kam nur noch Jochen in Frage. Ich hatte mich noch nie vorher so danach gesehnt, Montag früh zur Arbeit zu fahren. Aber soweit waren wir noch nicht.

Nachmittags saßen wir erst einmal im Kreise der gesamten Familie eingeklemmt um die beiden gedeckten Tische im Wohnzimmer meiner Eltern. Eine knappe Stunde lang ging es gut. Jeder war mit Kaffee und Torte beschäftigt. Mein jüngerer Bruder und mein Vater zusätzlich noch mit dem Bausatz einer Lagerhalle, die vom Stil her nicht zu der alpinen Landschaft paßte, die Vater sich seit seiner Pensionierung zusammengebastelt hatte. Es mußte trotzdem ein Platz für das Ding gefunden werden, und die beiden verzogen sich ins ehemalige Kinderzimmer, jetzt das Eisenbahnzimmer genannt. Die Kinder folgten ihnen.

Hanne und die Frauen meiner Brüder begaben sich in die Küche, um das Kaffeegeschirr abzuwaschen. Zurück blieben Mutter, unser Ältester und ich. Jetzt kam, was kommen mußte: Der zweite Vortrag in Sachen Vernunft und Verantwortungsgefühl.

»Du mußt nur nicht glauben, daß du hier wieder einziehen kannst, wenn Hanne dich rauswirft.«

Hätten sie doch den Mund gehalten. Warum mußten sie denn noch zusätzlich in einer entzündeten, eiternden Wunde herumstochern? Und das auch noch vorbeugend. Der Vormittag hatte bereits kräftig an meinen Nerven gezehrt. Ich stand einfach auf und ging. Schaute nur kurz zur Küchentür herein. Hanne drehte sich mit tropfenden Händen und einem wunden Blick zu mir um. »Gehst du schon, Konrad?«

Ich nickte nur. Drei Straßen weiter stieg ich in meinen Wagen und fuhr los. Zuerst einmal ohne Ziel, dann ins Gewerbegebiet. Ich hätte keinen Grund dafür nennen können. Oder doch. Es war der gleiche Grund, der mich vor zwanzig Jahren veranlaßt hatte, nachmittags zum Sportplatz zu schleichen, das Gebüsch abzusuchen, alle Heiligen im Himmel anflehend, daß ich nichts und niemanden fand.

Auf Koskas Grundstück stand noch das schwere Gerät des ehemaligen Bauunternehmens. Planierraupen, Schaufellader, Bagger und anderer Kram. Alles rostete und verrottete still vor sich hin. Das Wohnhaus machte einen verlassenen Eindruck. An sämtlichen Fenstern waren die Rolläden herabgelassen. Neben dem Haus ein überdachter Unterstellplatz für einen PKW. Doch von einem hellen Opel weit und breit keine Spur, auch keine von einem roten Golf mit Hamburger Kennzeichen.

Es war wie das Auftauchen des Ertrinkenden, das erste Luftschnappen, zurück auf festem Boden. Sie waren weg, zurück nach Hamburg. Ich war frei, umrundete den Komplex noch zweimal, Erleichterung von den Zehenspitzen bis unter die Haarwurzeln. Sie hielt nur zwei Minuten vor.

Auf der Rückfahrt kam mir ein roter Golf entgegen. Schon aus einiger Entfernung erkannte ich das doppelte H für Hamburg auf dem Kennzeichen. Auf dem Beifahrersitz ein junger Mann mit Lederjacke. Dunkles Haar, schmales Gesicht, südländischer Typ. Am Steuer ein bulliger Kerl, wesentlich größer und kräftiger. Ich konnte sein Gesicht hinter der spiegelnden Scheibe nicht erkennen. Aber daß er eine Sonnenbrille und einen dunklen Vollbart trug, sah ich im Vorbeifahren.

Plötzlich war ich sehr müde, ganz lahm und schwer in den Knochen. Nur im Hirn zuckten die Blitze kreuz und quer, fuhren in sämtliche Windungen und Bereiche, verlöteten die Schaltstellen. Es hätte mich nicht gewundert, wenn plötzlich ein Dinosaurier von rechts nach links über die Straße gelatscht wäre.

Ich fuhr zurück zu unserer Wohnung. Schon im Treppenhaus hörte ich das Telefon klingeln, wieder und wieder. Ich dachte nur an meine Mutter, meinen Vater, meinen ältesten Bruder, an die entrüstete Frage: »Was fällt dir eigentlich ein, einfach zu gehen?« und ließ mir viel Zeit. Als ich dann endlich den Hörer aufnahm, fragte Maren mit rauher, gedrängter Stimme: »Da bist du ja endlich. Kannst du reden, Konni?«

Eine lange Pause. Mir rauschte nur das Blut in den Ohren. Antworten konnte ich nicht. »Seit gestern versuche ich, dich zu erreichen. Ich muß dich sehen. Es ist wichtig.«

Ich schwieg immer noch, Maren sprach weiter: »Spiel nicht den Heldenvater, verdammt. Hör zu, ich fahre jetzt nach Köln. Wir treffen uns in einer Stunde im Hotel.«

Es war nur dieser eine Satz, der die letzten Barrikaden zum Einsturz brachte. Spiel nicht den Heldenvater. Und hinter den Barrikaden ein Trümmerfeld, das reinste Chaos, alles durcheinander geworfen. Sie war in Godbergs Küche gewesen, dessen war ich mir plötzlich hundertprozentig sicher. Endlich bekam ich die Stimme frei. »Wo bist du jetzt?«

»In einer Stunde«, wiederholte sie und legte auf.

Es war kurz vor fünf, frühestens in zwei Stunden würde Hanne zurückkommen. Wenn ich Glück hatte, war ich dann ebenfalls wieder hier. Ich hatte wirklich nicht vor, mich länger als unbedingt notwendig in Marens Nähe aufzuhalten. Ich wollte ihr nur ein paar Fragen stellen.

Ich fuhr nicht auf direktem Weg nach Köln, riskierte einen kleinen Abstecher zu Godbergs Haus. Ein gewagtes Unternehmen, allerdings nur dann, wenn man Olivers wilden Erzählungen Glauben schenkte. Wenn man noch einen Schritt weiterging und der bösen Frau am Fenster einen Namen gab, Maren Koska.

Ich wußte nicht mehr, was ich denken sollte. Es ist ja nicht so, daß ein Mensch, nur weil er von Beruf Polizist ist, gleich hinter jedem Strauch eine Leiche vermutet. Es mochte hundert harmlose Erklärungen geben für eine Beziehung zwischen Maren und Alex Godberg.

Am Straßenrand, direkt vor Godbergs Haus, war ein kleiner Lieferwagen geparkt, dessen Hecktüren weit offen standen. Auf der Ladefläche drei Teppichrollen. Zwei junge Männer in blauer Arbeitskleidung liefen geschäftig zwischen dem Hauseingang und den Hecktüren hin und her, jedesmal beladen mit einer weiteren Rolle. Ab und zu erschien Alex Godberg im Eingang. Ich zählte insgesamt zehn Teppiche, ehe der Lieferwagen abfuhr.

Danach wartete ich noch einmal gute zwanzig Minuten. Es tat sich nichts, das Tor von Godbergs Garage war geschlossen, also fuhr ich nach Köln. Und auf der Autobahn wurde mir dann endlich klar, daß ich gar nichts unternehmen konnte.

Drei Möglichkeiten standen zur Auswahl.

Ella Godberg hatte ihren Mann verlassen, weil der sie mit einer Platinblonden betrog. Und Alex schämte sich, das zuzugeben. Vielleicht hatte Ella in ihrer Not Schwester und Schwager zu Hilfe gerufen. Und Oliver war lediglich Zeuge einer handfesten Auseinandersetzung im Familienkreis geworden, hatte nach der üblichen Manier noch ein bißchen dazugedichtet.

Oder Alex hatte Ärger mit einem Kunden gehabt, hatte seine Frau vielleicht nicht ganz freiwillig auf Reisen schicken müssen.

Die dritte Möglichkeit war mir um einige Nummern zu groß und zu gefährlich. Aber völlig ausschließen wollte ich sie nicht. Und dann konnte ich Maren nicht einfach zur Rede stellen. Ich konnte im allerhöchsten Fall gleich morgen früh mit meinem Chef sprechen.

Ich konnte ihm sagen, daß sich mein fünfjähriger Sohn seit einer Woche in düsteren Andeutungen erging, die, in die richtige Reihenfolge gebracht, verdammt nach Überfall und Entführung aussahen. Ich konnte ihm sagen, daß der Freund meines Sohnes seit einer Woche nicht im Kindergarten erschien, daß er angeblich krank und mit seiner Mutter verreist sei, daß ich jedoch der Meinung war, ich hätte seine Stimme gehört, als ich ein Bilderbuch meines Sohnes abholte.

Ich konnte ihm darüber hinaus sagen, daß der Vater vom Freund meines Sohnes offenbar versuchte, eine größere Geldsumme zusammenzubringen. Daß er sich seltsam benommen hatte, als ich das Buch abholte. Daß ich mir zudem einbildete, ich hätte bei dieser Gelegenheit ganz flüchtig ein bißchen Frisur von eben der Frau hinter dem Küchenfenster gesehen, die mich seit zwanzig Jahren mit einem Fingerschnippen um den Verstand brachte. Daß ich dann zufällig noch einen Wagen in der Garage des betreffenden Hauses gesehen hatte, einen Wagen vom gleichen Typ wie ihn mein Verhältnis benutzte. Und plötzlich hatte ich nur noch ein Bedürfnis, zu wenden und umzukehren.

Ich kehrte nicht um, beging statt dessen den Fehler, unser Rendezvous einzuhalten.

Sehr leidenschaftlich war ich allerdings nicht, auch mein Standvermögen ließ zu wünschen übrig, und gerade daran lag Maren doch so viel. Warum sie mich unbedingt sehen mußte, erfuhr ich nicht. Es ging anscheinend nur um das Übliche. Sie gab sich redlich Mühe, spielte auf der Flöte wie in alten Zeiten, brachte ein paar Varianten zur Anwendung, die ich noch nicht kannte. Aber schließlich richtete sie sich auf und schaute mir mit einem undefinierbaren Blick in die Augen.

»Was ist los, Konni? Hast du letzte Nacht daheim den feurigen Liebhaber gespielt und dich dabei total verausgabt? Drückt dich nur das schlechte Gewissen? Oder hast du ganz ordinäre Sorgen?«

Sie hockte sich rittlings auf meine Oberschenkel und begann mir mit sanften kreisenden Bewegungen über die Bauchdecke zu streichen. »Sprich dich aus. Dafür bin ich immer noch gut.«

»Warum mußte ich gerade jetzt unbedingt kommen?«

Ein winziges Lächeln, auf mich wirkte es wie blanker Spott. »Vielleicht hatte ich nur Sehnsucht.« Bislang hatte sie sich nicht einmal die Zeit genommen, ihre Bluse auszuziehen. Das tat sie jetzt, Knöpfchen für Knöpfchen, den Stoff über die linke Schulter zurückschieben, dann über die rechte. Das Haar nach hinten schütteln. Ein sezierender Blick. Sie hatte einen Bluterguß am linken Oberarm. Er schillerte bereits in den Spektralfarben, vier Finger, ein Daumen und der Handballen. Eine große Hand, eine richtige Pranke. Rex mußte sehr kräftig sein.

Maren bemerkte meinen Blick und senkte den Kopf, ein paar Haarsträhnen fielen über ihre Schultern nach vorne, verdeckten ihr Gesicht, verschluckten den wissenden Hohn. »Du siehst«, flüsterte sie, »daß ich gewisse Risiken in Kauf nehme. Das ist mir die Sache wert. Dir anscheinend nicht, oder was ist sonst mit dir los?«

Komische Frage! Sie wußte ganz genau, was mit mir los war. Ich bin kein guter Schauspieler, bin nie einer gewesen. Der Gedanke, daß ich Hanne mit einer Frau zu betrügen versuchte, die möglicherweise in eine sehr dreckige Geschichte verwickelt war, stand mir vermutlich auf der Stirn geschrieben.

Marens Finger kreisten immer noch über meine Haut, umrundeten den Nabel, glitten seitlich davon abwärts. Endlich die erlösende Idee. »Wie konntest du bei meinen Eltern anrufen?«

Maren lachte hellauf. »Ist es nur das? Haben sie dir wieder einmal die Hölle heiß gemacht? Laß mich raten, was deine Mutter gesagt hat.«

Sie hob einen Zeigefinger, drohte mir damit, versuchte den Tonfall meiner Mutter nachzuahmen. »Und du mußt dir gar nicht erst einbilden, daß du hier wieder einziehen kannst, wenn Hanne dich rausschmeißt. Wir haben dich einmal wieder aufgenommen. Aber wer sich freiwillig zum zweiten Mal aufs Glatteis begibt, dem kann man einfach nicht helfen.«

Sie ließ sich nach vorne fallen, hauchte mir eine Unzahl von kleinen Küssen auf Kinn, Hals und Mund, murmelte dazwischen. »Nicht böse sein, ich werde deine Familie nie wieder belästigen, großes Ehrenwort. Ich wollte doch nur wissen, wo ich dich finde. Du stehst nicht im Telefonbuch, mein Lieber. Gehört sich denn das für einen anständigen Polizisten?«

Dabei drohte sie mir erneut scherzhaft mit erhobenem Zeigefinger, rutschte langsam nach unten und versuchte ihr Glück noch einmal.

»Du hättest meine Familie aus dem Spiel lassen sollen«, sagte ich.

Sehen konnte ich ihr Gesicht nicht. Ich fühlte nur, daß sie zu grinsen begann. Sie unterbrach ihr Tun für einen Augenblick. »Läßt deine Familie mich aus dem Spiel?«

Ich fand, das war deutlich und erklärte gleich, vielleicht etwas zu hastig: »Keine Sorge, das tut sie. Wenn du dich nicht selbst ins Gespräch bringst, redet kein Mensch von dir.«

Maren reagierte nicht, packte nur etwas fester zu. Irgendwo im Adergeflecht löste sich ein Knoten, die Blutzirkulation kam in Gang.

»Na also«, murmelte Maren, »man muß den Stier bei den Hörnern packen. Oder den Bullen am Schwanz, dann funktioniert das auch.«

»Hattest du Ärger mit deinem Mann?« fragte ich etwas später und legte die Fingerspitzen auf die gelb-grünen Male, versuchte es zumindest, aber meine Hand war zu klein. Maren antwortete nicht gleich. Erst nach ein paar Sekunden murmelte sie undeutlich: »Er war ein bißchen ungehalten und besorgt, daß ich meine Pflichten vernachlässigen könnte, das ist alles.«

»Wir sollten trotzdem aufhören«, sagte ich, »bevor es richtigen Ärger gibt. Ich hab' das Gefühl, wo Rex hinlangt, wächst so rasch kein Gras mehr.«

Es war weit nach sieben, als ich das Hotelzimmer wieder verließ. Maren lag noch auf dem Bett ausgestreckt, einigermaßen, aber nicht völlig zufrieden. Sie schaute mir mit einem langen Blick und einem sonderbaren

Lächeln nach. Und bevor ich die Tür schließen konnte, rief sie mir leise zu: »Das ist das einzige, was mich an dir immer gestört ht. Du kannst einfach kein Risiko eingehen.«

Ich fuhr nicht gleich nach Hause. Es spielte keine Rolle mehr, daß Hanne bereits daheim war und auf mich wartete.

Ob sie sich wohl fragte, was ich in diesem Augenblick trieb.

Auf dem Rastplatz Frechen ging ich in Deckung. Ich war mir ziemlich sicher, daß mich bis dahin kein heller Opel mit Bergheimer Kennzeichen überholt hatte. Und solange das Tageslicht noch ausreichte, etwas zu erkennen, kam auch keiner vorbei. Es herrschte wenig Verkehr, so daß ich mir auch in diesem Punkt ziemlich sicher war. Aber es gab schließlich noch andere Fahrstrecken Richtung Heimat.

Deshalb machte ich anschließend noch einen Abstecher ins Gewerbegebiet. Auf Koskas Grundstück stand nur der schwere Maschinenpark herum. Ich wartete eine geschlagene Stunde, umsonst. Und zur Sicherheit noch einmal kurz zu Godbergs Haus hinunter. Ich frage mich jetzt noch, warum ich nicht gleich dorthin fuhr. Vielleicht wehrte sich noch ein Stückchen Konrad Metzner gegen den letzten Beweis. Das Garagentor war immer noch geschlossen. Also fuhr ich endlich heim.

Auf meiner Uhr war es wenige Minuten nach zehn. Ich wollte nur noch meinen Wagen in die Garage fahren, die wir zusammen mit der Wohnung gemietet hatten, und dann ins Bett. Noch einmal in Ruhe über alles nachdenken. Vielleicht vorher noch Oliver ins Gebet nehmen, mir von ihm den Ablauf des vergangenen Montags haarklein schildern lassen, ohne phantasievolle Ausschmückungen.

Aber in der Garage stand Hannes Fiat. Genau in der Mitte, rechts und links, vorne und hinten genügend Platz für einen Pulk Motorräder.

Hannes Fiat einen Kleinwagen zu nennen wäre bereits eine maßlose Übertreibung. Man hätte von seiner Sorte zwei in der Garage unterbringen können. Nicht, daß sie übermäßig groß gewesen wäre, aber trotzdem. Darüber hinaus war der Fiat aus dritter Hand preisgünstig erstanden. Ein paar Kinder aus der Nachbarschaft hatten ihn bereits mit der unschönen Bezeichnung ›Rostlaube‹ belegt.

Und normalerweise stand er in der Nähe der Haustür geparkt, weil an ihm ohnehin nichts mehr zu retten war. Weder saurer Regen noch Hagelstürme konnten ihm noch einen Schaden zufügen, den er nicht bereits gehabt hätte.

Mein Auto dagegen war ziemlich neu, die Familienkutsche, unser beider Stolz. Durch regelmäßige Besuche der Waschanlage, Lackpolitur und andere Hilfsmittel auf Hochglanz gehalten. Hanne hatte mir gleich nach der Überführung den Platz in der Garage nicht nur so überlassen, sondern förmlich aufgedrängt.

Und jetzt stand der Fiat drin. Es war fast schon ein Tritt in den Hintern, und irgendwie beruhigte mich das. So wie einen der erste paukenartige Donnerschlag beruhigt, nachdem zuvor der Himmel seit Stunden schwarz bewölkt war. Man zuckt zwar zusammen, aber gleichzeitig fühlt man sich erleichtert. Es geht endlich los. Hanne hatte den Kampf aufgenommen. Und an sie hatte ich in den letzten Stunden kaum einmal gedacht.

Die Haustür war bereits abgeschlossen, wie sich das für ein anständiges Mietshaus gehört. Ich steckte den Schlüssel ein, ich schlich die drei Treppen hinauf, rechnete fest damit, die Wohnungstür von innen blockiert zu finden. Man mußte schließlich nur den Schlüssel steckenlassen. Er steckte nicht, die Tür war nicht einmal verschlossen. Und gleich hinter der Tür empfing mich ein Geruch, der mir völlig neu war.

Die ganze Wohnung war damit aufgeladen. Ein Duft, leicht süßlich, nicht allzu schwer, ein Hauch von Ambra und wilden Blüten. Ebensogut hätte Hanne den Flurboden mit Rosenknospen bestreuen können. Ein Duft wie ein Versprechen, erotisch und massiv. Hanne hatte den Kampf tatsächlich aufgenommen. Aber ihre Taktik war nicht leicht zu durchschauen.

Sie saß auf der Couch, frisch geduscht, geföhnt und geschminkt, in den gleichen Kleidern wie am Nachmittag, helle Bluse, Rock mit abgesteppten Falten, dunkle Strümpfe. Sie trug sogar noch die Pumps und eine hauchfeine Wolke von Ambra und Blüten um sich herum. Und an der Bluse war ein Knopf mehr als üblich geöffnet.

Im ersten Augenblick dachte ich nur, bitte nicht. Ich war müde, deprimiert, ausgelaugt von Marens Temperament und meinen verzweifelten Bemühungen, den feurigen Liebhaber auferstehen zu lassen. Hanne blätterte in einem Katalog, hielt inne und vertiefte sich in den Anblick eines spitzenbesetzten Miederteils. Dann hob sie den Kopf, schaute mir entgegen, lächelte sogar. Ein seltsames Lächeln. Ich wußte nicht, wie ich es auslegen sollte. Und dann fragte Hanne: »Hast du was zu Abend gegessen?«

Es war widersinnig, ebenso verwirrend wie ihre anschließenden Worte. »Es tut mir leid, Konrad. Und es wird nicht wieder vorkommen.«

Das klang fast, als hätte sie mich betrogen. Ich schüttelte unwillkürlich den Kopf, stützte mich am Türrahmen ab. Hanne sprach unbeirrt weiter. »Ich habe ihnen gesagt, sie sollen dich in Ruhe lassen. Ich habe ihnen gesagt, daß du im Moment keine Moralapostel gebrauchen kannst, daß du schon wissen wirst, was du tust und worauf du dich einläßt. Und daß du alleine da durch mußt.«

Herrlich! Einfach phantastisch! Sie warf mir mein gesamtes Konzept über den Haufen. Ich hatte im Treppenhaus tatsächlich den Entschluß gefaßt, eine Art Generalbeichte abzulegen und im Anschluß daran gleich die Godbergs ins Feld zu führen. Um damit wenigstens kurzfristig von der frischen Fährte abzulenken. Jetzt konnte ich nur noch sagen: »Es ist nicht ganz so, wie du denkst. Wenn mich nicht alles täuscht, ist da eine große Schweinerei im Gange. Deine Freundin Ella ist . . .«

Hanne behielt ihr Lächeln bei, während ich all die auffälligen Punkte abzählte. Sie fragte nur ganz zu Anfang einmal: »Hast du das nötig, Konrad? Ich meine, bist du wirklich darauf angewiesen, dich auf so eine Weise aus der Affäre zu ziehen?«

Aber dann hörte sie mir wenigstens zu, ungläubig, mißtrauisch, voller Abwehr. Doch selbst in dieser Situation behielt Hanne einen kühlen Kopf. »Es hat überhaupt keinen Zweck, Olli aus dem Schlaf zu reißen. Da wachsen Rex am Ende nur Drachenflügel. Wenn du von ihm was erfahren willst, warte bis morgen früh.«

Danach erst gab sie sich eine winzig kleine Blöße. »Heißt das, du hast gar nicht mit ihr geschlafen?« Ihre Stimme war nicht mehr ganz so fest. Da war dieses leichte Zittern, und ich hätte so gerne in bestimmtem Ton geantwortet: »Wo denkst du hin?« Oder etwas Ähnliches in der Art. Statt dessen senkte ich unter ihrem Blick den Kopf.

»Ist schon gut«, murmelte Hanne. »Ich hätte dir auch nicht geglaubt, wenn du jetzt nein gesagt hättest. Du hast seit ein paar Tagen Kratzer auf dem Rücken. Von mir sind die nicht.«

Dann erhob sie sich. Der Katalog blieb aufgeschlagen auf der Couch zurück. Inzwischen saß ich längst in einem Sessel. Hanne ging an mir vorbei auf die Tür zu. Aufrecht, stolz, unverwundbar, das Selbstbewußtsein der modernen jungen Frau wie eine Aura um sich verteilt. Bei der Tür drehte sie sich noch einmal zu mir um. »Was uns beide angeht, das klären wir, wenn ich das erste Mal wieder mit Ella gesprochen habe. Ich werde morgen nachmittag mal runter fahren, und . . .«

»Bist du wahnsinnig«, fuhr ich sie an, »hast du nicht verstanden, was ich gesagt habe? Du wirst überhaupt nichts tun. Das hat mir gerade noch gefehlt. Das überlassen wir den Leuten, die etwas davon verstehen.«

Hanne starrte mich zwei Sekunden lang mit leicht zusammengekniffenen Augen und gerunzelter Stirn an. Dann fetzte der erste Blitz auf, der Donner schlug krachend zu meinen Füßen ein. »Was bildest du dir eigentlich ein, du gemeiner Kerl? Willst du Olli Konkurrenz machen? Erzählst mir hier eine haarsträubende Story und denkst, ich nehme das einfach so hin, ja? Da hast du dich geirrt. Damit ist die Sache nicht vom Tisch, damit nicht. Willst du mir wirklich weismachen, daß du nur aus Diensteifer zu Maren Koska ins Bett gestiegen bist?«

Hanne holte nicht einmal Luft zwischen den einzelnen Sätzen. »Wer bespitzelt denn hier wen? Du sie oder sie dich? Hat sie sich vielleicht nur an dich rangemacht, weil sie von Sven erfahren hat, wer Ollis Vater ist? Weil sie sich von dir vielleicht ein bißchen Einblick in die laufenden Ermittlungen erhofft, falls es welche geben sollte? Da hast du ihr aber verschwiegen, daß du für solche Delikte gar nicht zuständig bist. Will sie nur wissen, ob Olli uns etwas erzählt hat? Oder spielt sie einfach nur gerne mit dem Feuer? Was ist denn mit ihrem Mann? Ist es in den Kreisen üblich, die eigene Frau zu aktiver Mithilfe zu animieren? Oder existiert am Ende gar kein Hamburger Ehemann?«

Und bevor ich auch nur dazu kam, über eine der Fragen nachzudenken, drehte Hanne sich um, ging ins Bad und knallte die Tür hinter sich zu.

Ich ging ihr nach, öffnete die Tür wieder, wollte etwas sagen. Hanne war gerade dabei, den Rock auszuziehen. Die Bluse hing bereits über dem Wannenrand. Der Rock fiel zu Boden, und Hanne stand da in Büstenhalter, Slip und Strümpfen, die von einem Nichts aus weißer Spitze obengehalten wurden.

»Paß auf, daß dir nicht die Augen aus dem Kopf fallen«, zischte sie. »Dein Bedarf für heute dürfte doch schon gedeckt sein.« Sie drehte sich zum Waschbecken um, öffnete den Warmwasserhahn, erklärte dabei: »Es macht mir überhaupt nichts aus, mal eine Weile enthaltsam zu leben. Glaub nur nicht, daß ich jetzt in Tränen ausbreche oder Kniefälle tue. Ich werde dich auch nicht vor die Wahl stellen, entweder sie oder ich. Ich werde weder deinen Koffer packen und vor die Tür stellen, wie deine Mutter es mir wärmstens empfohlen hat, noch sonst etwas tun. Von mir aus kannst du dich ruhig austoben. Nutze ich die Zeit eben für eine Pillenpause.«

Und das alles ohne einen Blick. Die rechte Hand prüfte unentwegt die Wassertemperatur, wedelte dabei hin und her, ungeduldig, herzergreifend. Eine Hand, die verzweifelt nach der Kante tastet, um nicht vollends abzustürzen. Jetzt schien das Wasser richtig temperiert. Hanne beugte sich vor, warf sich zwei Hände voll ins Gesicht, reckte mir ihr spitzenverpacktes Hinterteil entgegen.

Wenn sie wild fauchend und mit gewetzten Krallen auf mich losgegangen wäre, hätte die Wirkung nicht durchschlagender sein können. Ich war nicht mehr müde, und unser Badezimmer ist sehr klein. Ich tat nur einen Schritt nach vorne und faßte mit beiden Händen zu. Als ich in sie eindrang, stöhnte sie einmal kurz auf, stemmte sich mir entgegen. Den Kopf weiterhin tief über das Becken gebeugt, murmelte Hanne beinahe inbrünstig: »Ich bring das Weib um. Dann ist ein für allemal Ruhe.«

Kurz vor sieben am nächsten Morgen versuchte ich beim Frühstück, von Oliver zu erfahren, was genau sich eine Woche zuvor im Haus der Godbergs abgespielt hatte. Vielleicht war die inzwischen vergangene Zeit mein wichtigster Bundesgenosse. Olli hatte nichts vergessen, aber die ganze Angelegenheit hatte für ihn etwas von ihrer ursprünglichen Bedeutung und Bedrohlichkeit verloren.

Mit blanken Augen saß er vor seinem Teller, rührte das Müsli um – daß kleine Kinder frühmorgens immer gleich so hellwach sein müssen! – und hörte sich an, daß er mich nicht belügen und nichts dazu erfinden dürfe.

Olli nickte, sich der Wichtigkeit dessen, was er zu sagen hatte, voll und ganz bewußt. »Aber wenn der Rex dann böse wird und Tante Ella frißt?«

»Fressen wird er sie bestimmt nicht«, beruhigte ich ihn. »Und damit er ihr sonst nichts Böses tut, müssen wir beide etwas unternehmen.«

Olli nickte noch einmal. Eine halbe Stunde später hatte ich ein relativ klares Bild gewonnen.

Irgendwann am vergangenen Montagnachmittag waren zwei Männer und eine Frau im Wohnzimmer der Godbergs aufgetaucht. Die beiden Kinder spielten im Garten. Vor dem Fenster gab es keine Gardinen, nur ein paar Hängepflanzen. Man konnte problemlos von außen in den Raum hineinsehen, wenn man nahe genug beim Haus war.

Oliver und Sven wurden durch die erregten Stimmen der Männer aufmerksam. Zuerst stritten sie nur. Dann schlug der größere der beiden Fremden Svens Vater mit der Faust ins Gesicht. Alex ging zu Boden. Und Ella rannte mit einem Aufschrei aus dem Zimmer. Die Kinder bekamen es mit der Angst, zogen sich weiter in den Garten hinter eine kleine Gruppe junger Tannen zurück und verhielten sich still. Ella wurde von dem jüngeren und kleineren Mann zurück ins Wohnzimmer gebracht, mit einem Griff um den Nacken wie eine junge Katze. Er tat irgend etwas mit ihrem gebrochenen Arm. Ella schrie wieder. Alex sprach mit heftigen Gesten auf die beiden Fremden ein. Die fremde Frau trat ans Fenster, schaute gelangweilt in den Garten und wurde schließlich auf die beiden Kinder aufmerksam.

Und diesmal kein Hinweis auf Scharfzahns lange Zähne, nur der Name fiel wieder. Und die Frau sagte, der Rex soll die Kinder reinholen. Aber dazu kam es nicht. Alex Godberg rannte nach draußen, bevor einer der anderen reagieren konnte. Hievte meinen Sohn über den Zaun auf die Straße, trug ihm auf, rasch nach Hause zu gehen und mit keinem Menschen über die Besucher zu reden, klemmte sich seinen Sohn unter den Arm und nahm ihn mit ins Haus.

Aber Oliver dachte gar nicht daran, den Heimweg anzutreten, wo es doch gerade spannend wurde. Er lief nur zur anderen Straßenseite hinüber, hockte sich dort hinter den Mülleimer. Und so wurde er Zeuge, wie die fremde Frau die Haustür öffnete, einen kurzen Blick auf die Straße warf, auch einen hinüber zum Mülleimer, und die Tür wieder schloß. Wie kurz darauf die beiden Männer zusammen mit der weinenden Ella Godberg das Haus verließen. Wie die fremde Frau nach dem kleinen Sven griff, wie Alex Godberg protestierte. Wie Sven weinte und sich an das Bein seines Vaters klammerte. Wie Alex seine Erklärung bezüglich des Mitspielens abgab. Wie der kleinere von den Männern entschied: »Das Kind bleibt hier!« Und anfügte, die Frau müsse eben auch bleiben. Sei vielleicht besser so, weil dann niemand auf dumme Gedanken kommen könne. Weggefahren waren sie dann in einem roten Auto.

So weit, so gut. Und alles, was für Olivers Glaubwürdigkeit sprach, war die Tatsache, daß es keine Scherben gegeben, und daß er mir diese Geschichte nicht gleich am vergangenen Montag serviert hatte.

Anlage- und Vermögensberater also, eine Art moderne Pfandleihe. Jetzt hatte sich offensichtlich jemand Godbergs Frau als Pfand ausgeliehen. Und es galt zu klären, ob Maren Koska etwas damit zu tun hatte.

Hanne mahnte Oliver, etwas schneller zu essen, erkundigte sich mit einem Seitenblick in meine Richtung. »Wie sah die böse Frau denn aus?« Lag da nicht eine sonderbare Betonung auf dem kleinen Wörtchen böse?

Oliver dachte nach, hob verlegen die Achseln. Zeugenbefragung! Für einen Fünfjährigen ist ein Mann ein Mann und eine Frau eine Frau. Aber dann kam doch etwas. »Sie hatte Haare wie Oma, bloß viel mehr.«

Dreimal verdammt! Meine Mutter ist seit Jahren ergraut, läßt sich das Haar jedoch immer ins Blonde hinein aufhellen. Es paßte wirklich alles zusammen.

Noch vor acht saß ich in meinem Büro, ließ mir durch den Kopf gehen, wie ich meinem Vorgesetzten die Sache am besten präsentierte. Alle Karten offen auf den Tisch oder die Kreuzdame im Ärmel behalten, das war die Frage. Vielleicht zuerst einmal mit Jochen reden, eine neutrale Meinung hören.

Jochen kannte Oliver und Olivers Phantasie. Jochen kannte zum Beispiel auch die Geschichte von dem Überfall auf den Kindergarten. Als eine Bande von Halbstarken zuerst die Gruppenräume verwüstete und anschließend alle Kinder zwang, hinaus in die Sandkiste zu gehen und sich dermaßen mit Sand zu bewerfen, daß es wie die Wüste Gobi aus den Haaren rieselte und noch Tage danach zwischen den Zähnen knirschte.

Das war im vergangenen Sommer gewesen, und auf Hannes erschreckte Nachfrage hin hatte sich herausgestellt, daß unser sanftmütiger Sohn zusammen mit seinem besten Freund Sven die Bude auf den Kopf gestellt und sich anschließend kopfüber in die Sandkiste gegraben hatte.

Jochen kam wenig später, dicht gefolgt von unserem jungen Genie, dem Kriminalmeister Andreas Nießen. Wäre Jochen alleine gewesen, hätte ich die Sache gleich mit ihm durchgesprochen. So ließ ich mir vorerst nur vom Straßenverkehrsamt bestätigen, daß im Erftkreis kein Pkw mehr auf den Namen Koska zugelassen war und daß der helle Opel, den Maren benutzt hatte, zweifelsfrei Alex Godberg gehörte.

Dann saß ich den halben Vormittag über irgendwelchen Aktenstücken, hörte mit halbem Ohr zu, daß die Kölner Kollegen in Sachen ›Elektroniker‹ vermutlich auf eine heiße Spur gestoßen waren. Ein kleiner Laden, der hauptsächlich gebrauchte Fernseher, Videorecorder und dergleichen anbot.

Und je länger ich wartete, um so wahnwitziger erschien mir mein Verdacht. Kurz vor Mittag verließ ich das Büro zusammen mit Jochen. Und noch auf dem Korridor begann ich: »Da ist eine blöde Sache.« Wir gingen die einzelnen Punkte durch, kamen zu keinem vernünftigen Ergebnis.

Jochen stimmte mir zu. »Eine blöde Sache.«

Damit meinte er wohl in erster Linie Maren, aber nicht ausschließlich. Denn er murmelte nachdenklich: »Seit einer Woche schon. Und Godberg hat nicht mal den Versuch unternommen, die Kripo einzuschalten.«

»Wie soll er denn«, warf ich ein, »wenn sie ständig in seiner Nähe . . .«

Jochen winkte mit einem Grinsen ab. »Am Mittwochnachmittag hätte er schon etwas unternehmen können. Freitag abend auch. Oder sehe ich das falsch?«

»Er hat eben Angst.«

»Er hat selbst Dreck am Stecken«, sagte Jochen. »Der Junge ist mächtig in Schwierigkeiten, das kannst du mir glauben. Er hat versucht, einen seiner Kunden übers Ohr zu hauen. Er hat vor einiger Zeit einer jungen Dame mit etwas Kleingeld ausgeholfen und dafür ein Pfand genommen, das die Dame nur leihweise auf dem Leib trug. Der rechtmäßige Besitzer wurde daraufhin etwas ungehalten und verlangte sein Eigentum zurück. Aber Alex stellte sich erst einmal stur, wollte Bares sehen, bevor er etwas herausrückte. Ist vielleicht verständlich. Aber seltsamerweise lenkte er ein, als man ihm ein bißchen Druck machte. Nur stellte sich dann leider heraus, daß er ein Duplikat abgeliefert hatte. Gut gemacht, aber falsch. Das haben sie ihm vor die Füße geworfen, sagt mein Informant. Und jetzt hat Alex den rechtmäßigen Besitzer am Hals, ein unangenehmer Zeitgenosse. Es könnte sein, daß das irgendwie zusammenhängt. Vielleicht will man ihm einen Denkzettel verpassen. Vielleicht ist es auch bereits überstanden.«

Jochen zuckte mit den Achseln und gab zu bedenken: »Nach einer Woche.« Ich dachte kurz an Peter Bergmann und den Kredit und mochte nicht so recht an einen Zusammenhang glauben. In dem Fall hätte Alex doch nur das Original zurückgeben müssen.

»Vielleicht«, sagte ich.

Jochen nickte gedankenverloren, schlug sich plötzlich mit der flachen Hand gegen die Stirn, grinste wie zu einer Entschuldigung. »Auf das Naheliegende kommt man immer zuletzt. Hast du mal daran gedacht, die Putzfrau zu fragen?«

Wir gingen sofort zurück ins Büro. Jochen suchte die Adresse der jungen Türkin aus den Akten, es war sogar eine Telefonnummer notiert. Er rief gleich an, und das Mädchen war daheim. Jochen fragte nach Ella Godberg, dann lauschte er nur noch. Als er den Hörer auflegte, erklärte er knapp: »Sie ist verreist.« Die bereits bekannte Geschichte, zu Besuch bei der Schwester in Frankfurt.

Am vergangenen Montagabend hatte Alex Godberg die junge Frau informiert, daß sie vorerst nicht kommen müsse. Frau und Sohn und so weiter, und er selbst müsse auch für ein paar Tage verreisen. Er würde sich dann wieder bei ihr melden.

Aber sie vermutete gleich, daß sie mit billigen Ausflüchten vertröstet werden sollte. Alex Godberg schuldete ihr nämlich noch den Lohn für ein paar Wochen.

Jochen schüttelte den Kopf. »Versteh ich nicht. Er hat Geld, genug jedenfalls, um für ein paar Monate auf Weltreise zu gehen. Aber er bezahlt die Putzfrau nicht.«

»Und den Kindergarten nicht«, fügte ich an.

Wir dachten anscheinend beide das gleiche. Und dann hatte Jochen diese brillante Idee.

»Was hältst du davon, wenn ich ihm erst einmal auf den Zahn fühle, bevor du dich lächerlich machst? Ich könnte ihm einen Besuch abstatten. Du kannst nicht gehen. Ich meine, wenn Maren Koska tatsächlich in seinem Haus ist . . .« Jochen sprach nicht weiter, grinste nur flüchtig und vollendete seine Ausführungen: »Mich kennt sie nicht. Aber er weiß, wer ich bin. Ich komme von der Versicherung. Routinebesuch, das machen die Brüder oft, ohne sich vorher anzumelden. Wenn alles in Ordnung ist, wird er mich einfach rausschmeißen.«

Vor Erleichterung und Dankbarkeit hätte ich ihm fast auf die Schulter geklopft. Acht Uhr abends, bis dahin waren es noch ein paar Stunden. Und im schlimmsten Fall erwies sich dann, daß Alex Godberg dringend ein paar Spezialisten brauchte. Sonderkommission, es war ein verdammt mieses Gefühl.

Maren Koska als Mittäterin in einem Entführungsfall angeklagt, zu etlichen Jahren hinter Gittern verurteilt. Aus dem Verkehr gezogen. Keine Gefahr mehr für den Seelenfrieden. Ich wußte nicht, ob ich ihr das wünschen sollte.

Im Geist sah ich mich bereits zum Telefon greifen, der Verräter in den eigenen Reihen. Der letzte Liebesdienst für eine Frau, die mir Himmel und Hölle zur gleichen Zeit geben konnte. Noch einmal zum Abschied und gute Reise.

Abends stellte ich meinen Wagen in einer Querstraße ab. Ich wollte zumindest an Ort und Stelle sein, wenn ich schon nicht mit Jochen ins Haus konnte.

Eine knappe Stunde lang schlich ich herum, ein Stück durchs Feld und wieder zurück, immer darauf bedacht, harmlos zu wirken. In einem der Gärten war ein älterer Mann beschäftigt. Auf der Straße behandelte ein Junge von vielleicht zehn Jahren ein BMX-Rad wie ein bockiges Pferd. Eine Frau kam mit zwei Tüten beladen aus einem der Häuser und stopfte den Mülleimer bei der Haustür voll.

»Ich hab' mich hinter dem Mülleimer versteckt«, sagte Oliver in meinem Hinterkopf. »Da konnte mich keiner sehen.« Aber gesehen hatte die Frau ihn, auch vorher schon. Denn ich hatte Maren das allerneueste Foto gezeigt. »Dein Sohn heißt Oliver Neubauer«, sagte sie in meine Gedanken hinein. Und: »Läßt deine Familie mich aus dem Spiel?«

Ansonsten Ruhe. Godbergs Haus lag friedlich und wie ausgestorben. Von der Rückseite aus konnte man durch den Garten ein breites Fenster sehen, vermutlich das Wohnzimmer. Zu erkennen war jedoch nur eine große dunkle Fläche, in der sich die Wolken spiegelten. Ich hätte ein Fernglas mitnehmen sollen.

Kurz vor acht flammte hinter einem der oberen Fenster Licht auf. Gleich darauf rasselte der Rolladen herunter. Das Wohnzimmer blieb noch dunkel, und inzwischen war der eifrige Gärtner aufmerksam geworden. »He, Sie da, suchen Sie was?«

Ich erzählte ihm eine verworrene Geschichte von dem

Schlüssel, den mein Sohn hier in der Gegend verloren haben mußte, behielt die Straße im Auge. Gegen halb neun kam Jochen endlich. Korrekt in Anzug, Hemd und Krawatte, eine prall gefüllte Aktentasche unter den Arm geklemmt, wirkte er tatsächlich wie ein Versicherungsvertreter. Ich wartete noch, bis er eingelassen wurde, dann ging ich zu meinem Wagen.

Und während ich mir von Hanne ein Rindergulasch aufwärmen ließ, versuchte Jochen sein Glück bei Alex Godberg. Aber es war scheinbar alles in bester Ordnung. Der Hausherr persönlich hatte ihm die Tür geöffnet, hatte nach anfänglich sichtlichem Mißbehagen mit einem Stirnrunzeln und breitem Grinsen zur Kenntnis genommen, daß der Vertreter seiner Gebäudeversicherung zufällig in der Nähe zu tun hatte. »Kein Wunder nach den heftigen Stürmen der letzten Zeit, nicht wahr?« Und die Gelegenheit nutzen wollte. »Tut mir wirklich leid, daß ich mich heute erst bei Ihnen melde. Aber im Moment wissen wir gar nicht, wo uns der Kopf steht.«

Alex Godberg hatte sich sogar auf das Spiel mit der umgeknickten Dachantenne eingelassen. »Wie Sie vielleicht bemerkt haben, habe ich den Schaden inzwischen beheben lassen.« Aber mehr nicht. Eine Rechnung hatte er Jochen vorgelegt, ein Formular ausgefüllt und darauf hingewiesen, daß er dankbar wäre, wenn man sich mit der Regulierung nicht mehr allzuviel Zeit ließe. Das Gespräch zeichnete Jochen mit Hilfe eines kleinen Recorders auf, den er in der Aktentasche bei sich trug. Es war undeutlich und brachte nicht viel.

Eine Frau bekam er nicht zu Gesicht, allerdings hörte er die Stimme einer Frau aus dem oberen Stockwerk. Und die Stimme eines Kindes. In dem Punkt hatte ich mich also nicht getäuscht. Sven Godberg war im Haus.

Nach seinem Besuch kam Jochen zu mir. Er hatte die Frauen- und die Kinderstimme noch nicht ganz erwähnt, da wollte Hanne bereits zum Telefon. »Das ist mir jetzt aber zu dumm. Ich will wissen, was mit Ella los ist. Ich rufe an, und . . .«

»Das wirst du auf gar keinen Fall tun«, sagte ich. Hanne funkelte mich wütend an, machte keine Anstalten, sich wieder auf ihren Platz zu setzen. »Und warum nicht, wenn ich fragen darf? Ich kenne Ellas Stimme. Wenn sie daheim ist, könnt ihr euch den Zirkus doch sparen.«

Jochen schüttelte unmerklich den Kopf. »Wenn seine Frau daheim gewesen wäre, hätte Godberg mich ausgelacht. Er hat nicht gelacht, aber er hat auch sonst nichts getan. Dabei hätte er ohne weiteres Gelegenheit gehabt, mir irgend etwas aufzuschreiben. Wir waren die ganze Zeit allein im Zimmer. Die Frau war oben und brachte anscheinend das Kind ins Bett.«

Wir hörten das Band ab, gleich mehrfach hintereinander. An einer bestimmten Stelle sagte Jochen jedesmal: »Da.« Aber so aufmerksam ich auch hinhörte, außer der gedämpften Stimme von Alex Godberg bemerkte ich nichts. Dann nahmen wir uns das Formular vor. Und um ehrlich zu sein, allmählich kam ich mir ziemlich lächerlich vor. Der große Detektiv auf der Suche nach den geheimen Schriftzeichen. Es gab keine. Weder hatte Alex quer über das Blatt geschrieben: »Hilfe, meine Frau wurde entführt!« – wozu er nach Jochens Worten ja ohne weiteres Gelegenheit gehabt hatte. Noch hatte er es zwischen das Kleingedruckte gekritzelt.

Nach einer Weile des Schweigens und Überlegens meinte Jochen dann: »Wenn da wirklich was vorgefallen ist, hat er sich vielleicht längst mit denen arrangiert und legt keinen Wert mehr auf polizeiliche Unterstützung. Da müßte er sich am Ende selbst noch wegen versuchten Betrugs anzeigen. Bedenk auch mal die Zeit.«

Das tat ich ja unentwegt, eine volle Woche und ein paar Stunden. Wir saßen bis nach elf zusammen. Hanne beruhigte sich, beteiligte sich sogar später an den Spekulationen und hörte mit sichtbarer Erleichterung zu, wie Jochen unsere Möglichkeiten auslotete.

»Wir können versuchen . . .«

Dem ominösen Ehemann auf die Spur zu kommen. Rex Koska. Vorausgesetzt, der rote Golf gehörte nicht Maren, ließ sich über das Hamburger Kennzeichen vielleicht etwas mehr als nur ein Name in Erfahrung bringen. Und wenn nicht – Wagen können schließlich auch gestohlen, Kennzeichen gefälscht sein – blieben die Standesämter, Einwohnermeldeämter, Computer der Kollegen und so weiter.

Jochen machte sich gleich Dienstag früh an die Arbeit. Mal ein bißchen Abwechslung von den Serieneinbrüchen und kleinen Hehlern, von zerbrochenen Fensterscheiben und geknackten Türschlössern. Eine Entführung, eine riesengroße Sache. Eine Sache, die unsereins meist nur aus gebührender Entfernung mitbekam. Eine Sache für psychologisch geschulte Spezialisten und andere Leute mit Erfahrung.

Das heißt jetzt nicht, daß ich Jochens Vorgehen und Verhaltensweise im nachhinein kritisieren will. Er hielt sich an sämtliche Vorschriften, überschritt keine Kompetenzen oder sonst was. Er schreckte auch keine brutalen Gangster aus ihren Löchern auf und trieb sie damit zum Äußersten. Es war immer noch so eine Fünfzigprozentsache. Und hinzu kam, daß wir Alex Godberg nicht unbedingt zusätzlich in Schwierigkeiten bringen wollten. Was er trieb, mochte sich am Rand der Legalität bewegen, vielleicht auch hin und wieder über die Kante treten, aus der Sicht eines braven Steuerzahlers gesehen. Aber das war schließlich nur eine Sache des Finanzamtes. Solange gegen ihn selbst keine Anzeige erstattet wurde, durfte er soviel Geld verleihen und anlegen, wie ihm zur Verfügung stand.

Bis zum Mittag führte Jochen etliche Telefongespräche. Sie machten die Angelegenheit in keiner Weise durchsichtiger. Maren selbst war ordnungsgemäß in Wedel angemeldet, seit zwei Jahren schon. Sie betätigte sich dort als Immobilienmaklerin. Von einer Eheschließung innerhalb der letzten Monate war nichts bekannt, was diese noch nicht ausschloß. Geheiratet haben konnte sie ihren Rex auch anderswo. Vielleicht hatte er bisher nur versäumt, sich unter der Anschrift seiner Frau ebenfalls anzumelden.

Einen Mann mit dem markigen Spitznamen Rex führten die Hamburger Kollegen unter der Bezeichnung ›guter alter Bekannter‹. Mit bürgerlichem Namen hieß er Helmut Odenwald. Er war allerdings seit einiger Zeit von der Bildfläche oder aus der Szene verschwunden. Ein netter Mensch mit einem repräsentativen polizeilichen Führungszeugnis. Er war schon in sehr jungen Jahren aktiv geworden. Ein paar Jahre wegen Raubüberfall. Ein paar Jahre wegen gefährlicher Körperverletzung. Freispruch mangels Beweisen wegen räuberischer Erpressung. Da kam einiges zusammen, zu erwähnen vielleicht noch die Ermittlungen wegen des Besitzes einer Schußwaffe, Zugehörigkeit zu einer kriminellen Vereinigung und Verdacht auf Zuhälterei.

Untergetaucht vor circa neun Monaten, nachdem eine in ihre Einzelteile zerlegte weibliche Leiche als die Prostituierte identifiziert worden war, die sich kurz zuvor von einem wohlmeinenden Polizisten zu einer Aussage gegen ihren damaligen ›Freund‹ Helmut Odenwald hatte verleiten lassen. Gesucht wurde er seitdem allerdings nicht als Mörder, sondern als Auftraggeber. »Der macht sich nicht mehr gern die Hände schmutzig«, wurde Jochen erklärt. »Die Drecksarbeit überläßt er anderen.«

Soviel zu Rex, das Alter stimmte, zwei Jahre jünger als Maren. Ich dachte unwillkürlich an den bulligen Typ mit

Vollbart hinter dem Lenkrad des roten Golf, dessen Kennzeichen war übrigens nicht registriert. Also falsch. Und den jungen Mann in der Lederjacke mußten wir vorerst als unbekannt abhaken.

Nach seinem ausführlichen Bericht war Jochen merklich zurückhaltender geworden. »Kannst du dir vorstellen, daß sie sich mit solch einem Typen eingelassen hat?«

Ja und nein. Ich konnte es sehr wohl, aber ich wollte nicht. Weil die Sache damit eine Dimension bekam, die mir eine Gänsehaut verursachte. Weil ich meinen Sohn hinter einem Mülleimer hocken sah, weil Maren genau wußte, wo man Oliver Neubauer zur Not finden konnte, weil ich unentwegt an den kleinen Sven denken mußte und an seine Mutter, die ich nur vom Hören kannte.

»Und was jetzt?« fragte Jochen irgendwie lustlos. »Wir sollten zumindest mit dem Chef sprechen, meinst du nicht?«

Zuerst zuckte ich mit den Schultern, dann nickte ich. »Ich klär' das gleich ab«, sagte ich, ging auf die Tür zu. Das Telefon klingelte. Jochen nahm den Hörer ab, begann freudlos zu grinsen und sagte: »Für dich.«

Ein dunkel kitzelndes »Hallo, Konni.« Dann ein leises Lachen und ein Seufzer, der die Härchen auf meinen Unterarmen aufrichtete. »Hast du ein bißchen Zeit heute abend?«

Ich räusperte mich erst einmal, schaute mit einem zweifelnden Blick zu Jochen hin, der mich mit kaum verhohlener Neugier musterte. Ich sah ihn kurz, ruckartig und auffordernd nicken. Na los, du Trottel, bleib am Ball. Wer bespitzelt hier wen?

»Wann?« fragte ich.

»Sieben Uhr?«

»Gut«, sagte ich, »sieben Uhr.«

»Dann mach dir noch einen gemütlichen Nachmittag«, empfahl Maren, bevor sie auflegte.

Ich schaute immer noch zu Jochen hin. »Ich weiß nicht, ob das richtig ist. Ich weiß einfach nicht, was ich davon halten soll.« Das wußte Jochen auch nicht.

Ich ging endlich zur Tür.

## 4

Wenn ich befürchtet hatte, mich eventuell lächerlich zu machen, so erwies sich diese Furcht als unbegründet. Es gab kein Grinsen, nur eine Viertelstunde geduldiges Zuhören. Dann erkundigte sich der Chef höflich, aber distanziert: »Was halten Sie persönlich davon? Ich meine, mir ist kein Fall bekannt, in dem eine an einer Entführung beteiligte Person zurückblieb, um die Angehörigen zu überwachen.«

Endlich gestattete er sich auch ein kleines Lächeln. »Diese Person würde damit ein großes Risiko eingehen.« Statt einer Antwort seufzte ich nur, und er überlegte. »Wir sollten wohl erst einmal abklären, ob diese Frau sich tatsächlich im Haus befindet.« Jetzt grinste er sogar. »Ich nehme an, daß Sie ihre Stimme am Telefon zweifelsfrei erkennen, oder?«

Das nahm ich auch an und nickte. Wenig später wählte eine junge Beamtin Godbergs Nummer, vor sich einen Zettel mit genauen Anweisungen, was sie zu sagen hatte. Es dauerte eine Weile, ehe abgehoben wurde. Und ganz wohl war mir nicht.

Wenn Alex den Hörer abnahm, war die Sache aussichtslos.

Wir hatten Glück. Nachdem es sechs- oder siebenmal geklingelt hatte, meldete sich eine zögernde Frauenstimme: »Godberg.«

»Kindergarten Sankt Elisabeth«, sagte die junge Beamtin. »Spreche ich mit Frau Godberg?«

»Ja.« Eine ruhige, abwartende Stimme. Immer noch zögernd und verhalten. Das reichte nicht. Die junge Kollegin warf einen Blick auf den Zettel, den ich ihr nach Absprache mit dem Chef gegeben hatte. »Ich wollte mich nur erkundigen, ob Sven sich inzwischen erholt hat.«

»Er fiebert immer noch«, sagte Maren. Sie klang ein wenig anders als vorhin. Gesittet, gutbürgerlich. Aber es gab keinen Zweifel. Ich hatte das dringende Bedürfnis, den Hörer an mich zu reißen, einen Fluch loszulassen, sie zumindest zu fragen: »Was, um alles in der Welt, machst du da?«

Noch einen Satz. »Glauben Sie, daß er am Mittwoch wieder kommen kann? Wir wollen am Mittwoch mit der Vorschulgruppe zur Feuerwehr. Es wäre schön, wenn er dabei sein könnte.«

Und Maren erwiderte: »Das kann ich Ihnen wirklich nicht sagen. Solange er fiebert, muß er im Bett bleiben. Der Arzt meint . . .«

Jeder Zweifel ausgeschlossen, ich nickte endlich. Unser Chef preßte kurz die Zähne aufeinander und zitierte Jochen vor seinen Schreibtisch. Ließ sich haarklein dessen Eindrücke berichten, schaute mich fragend und immer noch leise zweifelnd an. »Sind Sie einverstanden, wenn ich Ihren Sohn zusätzlich noch einmal von einer Beamtin befragen lasse?«

Noch ein Nicken, was hätte ich auch sagen sollen. Vom Büro aus rief ich kurz Hanne an, sagte ihr Bescheid, daß gleich eine Kollegin vorbeikommen würde, um sich mit Olli zu unterhalten. Hanne wirkte erleichtert, Jochen ebenfalls.

Eine gute Stunde später rief Hanne zurück. Die Sache war bereits überstanden. Olli hatte sich tapfer geschlagen, keine Übertreibungen, keine ausschmückenden

Schlenker. Ob man ihm geglaubt hatte, stand noch auf einem anderen Blatt. Und noch eine Viertelstunde später wurde ich wieder hinauf ins Allerheiligste bestellt.

Sie saßen zu viert um den riesigen Schreibtisch herum. Die erste Garde. Hauptkommissarin Helga Beske, sie mochte Anfang Vierzig sein und machte den Eindruck einer guten Tante, die den Kindern vor dem Einschlafen immer noch ein Märchen vorliest. Dann natürlich der Chef, links neben ihm Hans Wehrlein, mit ihm hatte ich vor Jahren einmal zusammengearbeitet. Wehrlein ist Hauptkommissar bei der Mordkommission. Er geht auf die Fünfzig zu, ein Mann mit Erfahrung, den so leicht nichts aus der Ruhe bringt. Der vierte, ebenfalls Hauptkommissar, war Thomas Scholl.

Frau Beske hatte sich mit Oliver unterhalten und offensichtlich ihre Meinung bereits weitergegeben. Und sie hatten sich auch bereits zu der Erkenntnis durchgerungen, daß mein Sohn möglicherweise tatsächlich Zeuge einer reichlich mysteriösen Angelegenheit geworden war. Aber Entführung ...

Kaum hatte ich ebenfalls Platz genommen, ergriff Wehrlein das Wort. Er umriß grob sämtliche uns bekannten Fakten. Angefangen beim Einbruch in Godbergs Haus. Marens Absage zum Klassentreffen. Ihr unerwartetes Erscheinen an dem Samstag. Dann der Montag, Olivers Geschichte. Marens Anrufe am Mittwoch, am Freitag, am Sonntag. Jochens gesammelte Ergebnisse.

Dann wurde lang und breit über Godbergs Verhalten und seine beruflichen Aktivitäten diskutiert und über die Tatsache, daß jeder Art von polizeilicher Ermittlungsarbeit sehr enge Grenzen gesetzt sind, wenn die Betroffenen nicht mitspielen wollen. Und solange wir von Godberg nicht hörten, was genau mit seiner Frau geschehen war und zu welchem Zweck, solange jedenfalls waren uns die Hände mit Kälberstricken gebunden.

Wieso uns? Ich war für solch eine Sache nicht zuständig. Ich hatte sie in kompetente Hände weitergereicht. Ich würde um sieben Uhr ein Hotelzimmer betreten, vielleicht auch nicht. Ich würde Maren erklären, daß ich nicht länger für diverse Spielchen zur Verfügung stand. Nicht einmal mehr zum Abschied. Und dann würde ich heimfahren und zusehen, daß ich Hanne versöhnte.

Irrtum! In allererster Linie ging es darum, Klarheit zu schaffen. Wehrleins Vortrag gipfelte in der Feststellung, daß an dieser Sache alles untypisch sei. Godberg hatte keinerlei Anzeichen von Nervosität gezeigt, als Jochen ihn wegen der geknickten Antenne aufsuchte. Ihm hatten weder die Hände gezittert um das Leben seiner Frau noch hatte er Schweißausbrüche bekommen. Das einmal vorweg.

Dann Maren: Im schlimmsten Fall von Rex und seinem Kumpanen abkommandiert, Ehemann und Sohn der Entführten zu überwachen. Trifft man sich in der Situation mit einem alten Bekannten? Vorausgesetzt, Rex Koska und Helmut Odenwald waren identisch, dann hatten wir – und Maren – es hier mit einem Mann zu tun, der vor keiner Gewalttat zurückschreckte. Maren mußte doch wissen, daß sie mit ihren Eskapaden Kopf und Kragen riskierte.

Ich hörte einfach nur zu. Was immer Wehrlein sagte, es klang logisch, aber trotzdem. Wußte Maren im Fall eines Falles tatsächlich, worauf sie sich eingelassen hatte? Wußte sie wirklich so genau, wer Helmut Odenwald war und daß man ihn der Anstiftung zu einem grauenhaften Mord verdächtigte?

Frau Beske meldete sich zu Wort mit einem Vorschlag, den im Eifer des Gefechtes noch niemand bedacht hatte. »Wir sollten zusehen, daß wir ein brauchbares Foto aus Hamburg bekommen. Vielleicht erkennt der Kleine den Mann wieder.« Olli hatte ihr sein Malbuch gezeigt. »Gucken Sie mal, so sieht der Rex aus.«

Inzwischen war es halb sechs. Es wurde knapp. Wehrlein faßte zusammen. »Nehmen wir einmal das Schlimmste an.«

Dann ging es vordringlich darum, das Vertrauen von Alex Godberg zu gewinnen. Man mußte dem Mann begreiflich machen, daß ihm persönlich niemand an den Kragen wollte. Sollte es sich lediglich um eine Differenz mit einem Kunden handeln, die mit etwas drastischen Mitteln bereinigt wurde, würden wir uns nur auf seinen ausdrücklichen Wunsch einmischen. Im anderen Fall würde die Polizei nichts, aber auch wirklich gar nichts tun, was das Leben oder die Gesundheit seiner Frau und seines Sohnes auch nur irgendwie gefährdete.

Und die allerbeste Gelegenheit dazu war heute abend um sieben Uhr. Wenn Maren Koska in einem Kölner Hotelzimmer auf ihren Tiger wartete. Denn wenn wir sehr viel Glück hatten, wurde sie nicht durch einen ihrer Kumpane vertreten. Wenn wir sie, unter Berücksichtigung der reichlich fragwürdigen Gesamtsituation, richtig einschätzten, ging es ihr nur um ein bißchen Nervenkitzel und ihr Vergnügen. Und mit ein wenig Optimismus sollten wir schon davon ausgehen, daß ihr ob nun Ehemann oder sonst was nicht über ihre erotischen Ausflüge informiert war. Warum sonst fuhr sie im Wagen des Opfers zu ihren Rendezvous?

Hatte ich tatsächlich einmal darüber nachgedacht, einer Sonderkommission im Fall Godberg anzugehören? Ich konnte mich gar nicht entsinnen. Es war so verdammt persönlich. Keine Rede mehr von wir oder uns. Jetzt ging es nur noch um mich.

Ich war doch ein Freund der Familie, darüber hinaus möglicherweise Alex Godberg zu Dank verpflichtet, daß er Olli auf die Straße gesetzt hatte. Und deshalb hatte ich mich zur Verfügung zu halten. Und sobald Maren Koska das Haus verlassen hatte, hatte ich auf der Matte zu stehen.

So, mein lieber Alex, jetzt reden wir von Mann zu Mann, von Vater zu Vater. Keine Sorge, Junge, es passiert schon nichts.

Die waren tatsächlich davon überzeugt, daß er mir weinend vor Erleichterung um den Hals fallen würde. Zumindest hofften sie darauf. Natürlich nur im schlimmsten Fall, und ich mußte es schon richtig anfangen. Aber das würde ich schon machen, gar keine Frage. Ich durfte nur nicht vergessen, daß ich eventuell Ella Godbergs Leben in meinen Händen hielt.

Ich fluchte nur noch, ohne einen Ton über die Lippen zu bringen. Ich wollte weder Ella Godbergs Leben noch sonst etwas in die Hände nehmen. Sie konnten mich doch nicht allen Ernstes dazu auffordern, gegen eine Frau zu ermitteln, mit der ich, wie sie genau wußten, ein Verhältnis hatte. Der ich möglicherweise sogar hörig war. Komisch, daß mir das erst in diesem Zusammenhang auffiel. Ich war doch gar nicht objektiv, ich war doch nicht vertrauenswürdig.

Ob sie konnten, durften oder nicht, sie taten es. Nachdem ich meine Instruktionen erhalten hatte, wurde die Umgebung von Godbergs Haus bis ins kleinste Detail durchgesprochen. Jeder Baum und jeder Strauch wurde berücksichtigt. Dann war ich kurzfristig verabschiedet, immerhin in der Gewißheit, daß sich am Abend ein paar zuverlässige Kollegen in meiner unmittelbaren Nähe aufhielten, die im Notfall eingreifen konnten. Sei es, daß urplötzlich ein vorsintflutliches Ungeheuer auf Godbergs Haus zuhielt oder daß Alex mich einfach zur Tür hinausprügelte.

Auf dem Weg zurück ins Büro beruhigte ich mich einigermaßen. Irgendwie hatte es auch etwas Tröstliches. Ich würde mir Gewißheit verschaffen können. Im Geist ging ich schon einmal durch, was ich Alex Godberg fragen und sagen wollte. Und ich traute mir durchaus zu, ihn zum Reden zu bringen.

Aber Maren machte uns allen einen dicken Strich quer durch den wunderschönen Plan. Als ich die Tür unseres Büros öffnete, empfing mich Jochen mit der Nachricht, daß sie vor einer Viertelstunde angerufen und abgesagt habe. Es sei ihr leider etwas dazwischen gekommen. Bei dem Satz grinste Jochen. Dann erkundigte er sich: »Wie ist es gelaufen? Du warst lange oben.«

Zu lange, um gleich wieder hinaufzugehen. Aber ich mußte wohl. Kommando zurück, heute abend läuft nichts mehr, Freunde. Der Dame ist die Lust am Schäferstündchen vergangen.

Mich brauchten sie trotzdem, da ich ohnehin bis zum Hals drinsteckte. Sie wollten sich die Sache zumindest einmal aus der Nähe ansehen. Drei Zweiergruppen, ich wurde Hans Wehrlein zugeteilt wie ein Bäckerlehrling. Für mein Empfinden ließen sie mich ein bißchen zu deutlich fühlen, daß ich mich danebenbenommen hatte. Den moralischen Zeigefinger konnten sie sich nicht ganz verkneifen. Jochen übernahm es, Hanne zu informieren, daß ich dienstlich unterwegs sei, und daß es spät werden könne.

Kurz nach sechs stieg ich zusammen mit Wehrlein in eine unauffällige Limousine. Wir bezogen Posten in einer der Querstraßen nahe bei Godbergs Haus. Insgesamt waren drei Fahrzeuge an dieser ersten Aktion beteiligt. Und dafür, daß sie nicht einmal der Abklärung dienen konnte, erschien es mir eine große Aktion.

Der zweite Wagen fuhr an uns vorbei und weiter geradeaus. Eine harmlos wirkende Sache. Frau Beske und Thomas Scholl spielten Ehepaar auf Verwandtenbesuch, direkt gegenüber von Godberg. Jochen machte zusammen mit der jungen Kollegin, die bereits die Kindergärtnerin gemimt hatte, einen abendlichen Spaziergang hinter den Gärten vorbei und durch die Felder. Die Verständigung über Funk war ausgezeichnet.

Nach dem ersten Überraschungsschock waren Godbergs Nachbarn, ein älteres Ehepaar, zu jeder Art von Unterstützung bereit. Aufgefallen war ihnen bisher nicht viel, eigentlich gar nichts. Wenn man davon absah, daß sie Ella Godberg seit Tagen nicht gesehen hatten, den kleinen Sven auch nicht. Und zweimal war in der vergangenen Woche ein kleiner Lieferwagen gekommen. Zwei junge Männer hatten Teppiche abgeholt. Zweimal also, Alex Godberg war anscheinend dabei, seinen Warenbestand zu veräußern. Nachdem wir eine Weile zugehört hatten, schlug Wehrlein einen Abstecher ins Gewerbegebiet vor.

»Hier tut sich ja nichts. Vielleicht haben wir da oben mehr Glück.« Er hoffte darauf, Rex oder den jungen Mann in der Lederjacke vor die Kameralinse zu bekommen. Aber auch auf Koskas Grundstück tat sich nichts. Am Haus waren immer noch sämtliche Rolläden unten, keine Spur von dem roten Golf mit der Hamburger Nummer. Ich hätte mich gerne einmal auf dem Grundstück umgesehen. Wehrlein war strikt dagegen.

Es ist eintönig, ruhig in einem Wagen zu sitzen und einen rostenden Maschinenpark zu betrachten. Über Funk kamen auch keine aufsehenerregenden Meldungen. In Godbergs Arbeitszimmer war das Licht eingeschaltet worden. Einzusehen war jedoch nichts, weil gleich darauf der Rolladen hinuntergelassen wurde. Kurz vor acht passierte das gleiche bei zwei Fenstern im Obergeschoß, Bad und Kinderzimmer. Jetzt wurde vermutlich der kleine Sven ins Bett gebracht.

Ich versuchte mir vorzustellen, wie Maren ihn beim Zähneputzen beaufsichtigte. Es gelang mir nicht. Und mitten in meine Gedanken hinein kam die Frage: »Was für ein Typ ist sie?«

Wäre es nicht ausgerechnet Hans Wehrlein gewesen, der mir diese Frage stellte, hätte ich ihm deutlich gemacht, was ich davon halte, einen Kollegen auf diese Weise auszuhorchen. Aber Wehrlein ist in Ordnung, war es immer gewesen.

Mir drängte sich eine Antwort auf, die ich gerade eben noch verschlucken konnte. Ein heißes Eisen. Und dabei betrachtete ich meine Hände, glaubte die Brandblasen zu sehen.

Was für ein Typ ist sie? Ging es ihr nur um das Abenteuer, den Tiger ein bißchen kitzeln? Rex wird mich lynchen, hatte sie gesagt. War sie dumm genug, nicht zu durchschauen, worauf sie sich eingelassen hatte? Konnte sie die Konsequenzen nicht abschätzen?

»Dieser Godberg ist ja auch nicht astrein«, sagte Wehrlein, »besteht da vielleicht die Möglichkeit einer geschäftlichen Beziehung? Wird er von einem seiner Kunden unter Druck gesetzt und wendet sich deshalb nicht an uns? Jochen sprach jedenfalls von dieser Möglichkeit.«

Ich zuckte mit den Schultern. Wehrlein sprach unbeirrt weiter. »Wahrscheinlich machen wir ein paar Überstunden für nichts und wieder nichts. Bisher steht doch nicht mal fest, daß Rex Koska und Helmut Odenwald identisch sind. Es wäre ganz nützlich, wenn wir uns zumindest von der Frau ein besseres Bild machen könnten. Du kennst sie doch schon so lange.«

Warum fiel mir ausgerechnet jetzt die Sache mit dem Autoreifen ein? Das Messer, das Maren einem Jungen aus der Zehn in die Hand drückte. Ihr lüsterner Gesichtsausdruck, als der Knabe die Spitze ansetzte und Anstalten machte, die Klinge durch den Gummi zu rammen. Da fiel sie ihm in den Arm.

»So doch nicht, du Idiot. Das macht man ganz anders.«

Der Autoreifen gehörte zum Wagen des Rektors. Von ihm hatte der nach Rache dürstende Knabe aus der Zehn eine Note kassiert, die er daheim nicht so gerne vorzeigen wollte, aber zwangsläufig mußte, zur Unterschrift des Vaters. Ist schon komisch, wie man sich plötzlich an Kleinigkeiten erinnert.

Am nächsten Tag brachte Maren ein Stück vom Boden einer Limoflasche mit. Eine Scherbe von gut und gerne einem Zentimeter Dicke, spitz zulaufend, und einen Gummihammer. Und dann wurde die Scherbe mit dem Hammer tief in den vorderen linken Reifen geschlagen. Und Maren stand dabei und amüsierte sich königlich.

Was für ein Typ ist sie? Ich war auch dabeigestanden, war nach dem Attentat mit ihr zu den Klos hinüber geschlendert.

»Jetzt reg dich doch nicht auf, Konni. Morgen geh' ich ins Sekretariat und bezahl' den Scheiß. Und heut haben wir eben unseren Spaß gehabt. Ich fand's toll. Es regt mich auf. Mach schon, Konni. Ich brauch's jetzt. Nicht so lahm, Konni, gib's mir richtig.«

Dann war die Sache mit der Katze ein paar Jahre früher. Das Tier lag in der Gosse, direkt vor der Schule, angefahren, übel zugerichtet, der Knochen eines Hinterbeines stach durch das grau getigerte blutbesudelte Fell. Obwohl ich es gar nicht wollte, begann ich langsam darüber zu sprechen. Über den Ekel, als Maren in die Hocke ging, das Tier aufmerksam betrachte, diese merkwürdige Miene aufsetzte. Ein kleineres Mädchen weinte. »Das arme Kätzchen. Wir müssen es zu Herrn Uhland bringen. Der kann ihm vielleicht helfen.«

Uhland war einer der Biologielehrer. Und Maren richtete sich auf, sagte: »Quatsch.«

Ich sprach über das Grauen und den Schock, als Maren sich dann mit dem verletzten Tier beschäftigte. Sie brach einen dünnen Ast von einem Strauch und stocherte damit in der Wunde herum.

Wehrlein hörte aufmerksam zu, genau so wie meine

Mutter damals aufmerksam zugehört hatte. Schuster, bleib bei deinen Leisten. Das ist nicht unsere Art. Das ist ein ganz anderer Menschenschlag.

Drei Jahre später zog dieser andere Menschenschlag zum erstenmal für mich das Höschen aus, und ich stieg in den Himmel hinauf. Bezog meinen Platz da oben und schaute nachsichtig lächelnd auf all die kleinen Spießer hinab. Einer, der die bösen Geister beherrschte, vor dem der gefallene Engel sanft und fordernd in die Knie ging, ein Meister. Der Mann mit dem Zauberbesen. Und die Geister, die ich rief . . .

Wehrlein sagte leise: »Morbid, aber das gibt es.«

Kurz vor neun kam plötzlich der Durchruf: »Ein Mann kommt aus dem Haus. Er hat einen Aktenkoffer bei sich. Er geht zur Garage. Er fährt los.« Godberg! Und wir waren nicht auf unserem Posten.

Ich machte Meldung, während Wehrlein das Gaspedal durchtrat. Er fuhr aufs Geratewohl Richtung Erfttalstraße. Wir hatten Glück, eine rote Ampel, hinter uns ein blauer Ford. Und noch bevor wir weiterfahren konnten, tauchte der helle Opel auf. Zur Autobahn und weiter nach Köln. Wir ließen ihn vorbei. Inzwischen war auch der zweite Wagen mit Thomas Scholl am Steuer hinter uns, überholte und hing sich an Godbergs Stoßstange. Wir blieben etwas zurück.

Godbergs Ziel an diesem Abend war ein Juwelier, dem er Tage zuvor ein paar Schmuckstücke offeriert hatte. Wir warteten noch, bis er wieder in seinem Wagen saß und von Scholl eskortiert heimwärts fuhr, dann machten wir unseren Besuch.

Es gab ein bißchen Erschrecken, ein paar Beteuerungen von Unwissenheit und Unschuld. Aber uns interessierte im Augenblick weniger, ob Godberg sich rechtmäßig als Besitzer der Schmuckstücke ausgewiesen hatte. Uns interessierte mehr die Summe, die er dafür erhalten hatte.

Knappe zweihunderttausend in bar. Hans Wehrlein pfiff leise durch die Zähne.

Und das war nicht der erste Handel. Mitte der vergangenen Woche hatte Godberg bereits einen Ring, ein Paar Ohrstecker, eine Brosche und zwei Cartier-Uhren verkauft. Hatte bei dieser Gelegenheit insgesamt rund fünfzigtausend in bar erhalten und Hochglanzfotos von weiteren Stücken vorgelegt, darunter auch ein Foto des Colliers, das nun vor uns auf dunkelblauem Samt ausgebreitet lag. Smaragde, eingefaßt in Platin, einer der Steine war größer als mein Daumennagel.

»Das muß die Kette sein, von der Jochen sprach«, meinte Wehrlein. Godberg hatte das Collier nicht direkt verkauft, hatte es eher in Zahlung gegeben, als Pfand hinterlegt, hatte sich ausbedungen, es innerhalb der nächsten sechs Monate zurücknehmen zu können, mit leichtem Preisaufschlag versteht sich. Umsonst ist der Tod. Er mußte mächtig in der Klemme stecken, wegen dieser Kette hatte er doch bereits eine Menge Ärger bekommen.

Wehrlein fotografierte das gute Stück mehrfach, dann fuhren auch wir zurück. Feierabend, noch eine kurze Lagebesprechung. Eine kleine Zigarre vom Chef. Warum hatten wir den Juwelier interviewt? Das hätte auch Scholl machen können. Meine Aufgabe sei es schließlich gewesen, mit Godberg zu reden. Wir hätten ihn auf dem Heimweg abfangen können. Dann wären wir jetzt vielleicht schon etwas klüger. Hätten, wären, wenn. Wir hatten nicht, und es war mir fast lieber so.

Es war fast Mitternacht, als ich endlich die Wohnungstür hinter mir schloß. Hanne war bereits zu Bett gegangen, aber sie schlief noch nicht. Kaum hatte ich meine Jacke ausgezogen, ging im Schlafzimmer das Licht an. Die Tür stand offen, und Hanne saß aufrecht im Bett.

»Wie war's, habt ihr was erreicht?«

Ich setzte mich kurz zu ihr auf die Bettkante. »Frag mich lieber was anderes.«

Hanne senkte den Kopf, schwieg sekundenlang. Ich dachte schon, sie sei immer noch wütend. Da hob sie den Kopf wieder. Zweifel und Unschlüssigkeit auf dem Gesicht. »Olli behauptet, heute mittag wäre der kleine Mann beim Kindergarten gewesen. Er meint wohl den anderen, der dabei war.«

»Scheiße«, sagte ich nur, erkundigte mich dann: »Dir ist niemand aufgefallen?«

Aber Hanne war gar nicht selbst beim Kindergarten gewesen. Sie hatte am Vormittag einen Arzttermin gehabt, hatte länger warten müssen, hatte meine Mutter gebeten, Olli abzuholen. Ich wollte zum Telefon. Hanne legte mir eine Hand auf den Arm und hielt mich zurück. »Jetzt mach nicht gleich die Pferde scheu, Konrad, die schlafen doch schon alle. Es ist ja nicht sicher, daß da tatsächlich jemand war. Du kennst doch Olli. Vielleicht will er sich nur wichtig machen. Deiner Kollegin gegenüber hat er den Mann nicht erwähnt. Ich habe deiner Mutter gesagt, sie soll morgen die Augen offenhalten.«

Damit war ich ganz und gar nicht einverstanden. Hanne mußte mittwochs arbeiten, und Olli mußte ein paar Tage zu Hause bleiben, sicherheitshalber. Hanne schüttelte den Kopf und tippte sich gleichzeitig an die Stirn. »Dann bleibst du aber auch hier und beschäftigst ihn.«

»Wenigstens morgen«, beharrte ich.

»Das kannst du deiner Mutter dann aber bitte selbst erklären«, meinte Hanne. »Und jetzt komm endlich ins Bett.«

Kurz nach sieben am nächsten Morgen stand ich vor der Wohnung meiner Eltern. Große Überraschung, eisige Miene, aber reinkommen durfte ich noch. Olli saß beim

Frühstück, beschwor bei allem, was ihm lieb und teuer war, daß der kleine Mann tatsächlich beim Kindergarten gewesen war. Daß der draußen auf der Straße auf ein kleines Mädchen aus einer anderen Gruppe gewartet hatte. Olli wußte den Namen des Mädchens nicht, aber der Mann hatte sich benommen wie der Vater des Kindes, hatte es bei der Hand genommen, war mit ihm fortgegangen.

»Vielleicht holen die jetzt alle Kinder«, vermutete Olli mit blitzenden Augen.

»Vielleicht war es wirklich nur der Vater des Kindes«, widersprach ich. Olli schüttelte heftig den Kopf. »Es war der kleine Mann. Ehrlich, Papa, ich hab' ihn doch genau gesehen. Er hatte auch wieder die Lederjacke an.«

Schwarze Lederjacken kannte Olli, er hatte von Hannes Mutter eine zu Weihnachten bekommen. Und die des kleinen Mannes hatte auf dem linken Arm so ein schönes silbernes Zeichen. Wie ein großer Vogel oder ein Flieger oder sonst was. Unser Kleiner gab sich redlich und lautstark Mühe, mich zu überzeugen und mir eine Vorstellung des silbernen Zeichens zu vermitteln.

Mein Vater, von dem Lärm in der Küche aus dem wohlverdienten Morgenschlaf der Pensionäre gerissen, erschien bei der Tür und wollte wissen, was denn eigentlich los sei. Olli erklärte es ihm, noch bevor ich ein Wort sagen konnte. Es ging doch nur um den kleinen Mann, der Tante Ella beim Nacken gepackt hatte wie eine Katze. Plötzlich sprachen vier Personen gleichzeitig. Erst gute zehn Minuten später waren wir uns zumindest dahingehend einig, daß Olli den Tag mit Opas Eisenbahn statt im Kindergarten verbringen sollte.

Meine Mutter – sie hatte sich bereits erschossen auf der Straße liegen sehen – brachte mich noch zur Tür und schob in einer Abschlußrede alle Schuld in Marens Schuhe. »Wo soll das noch hinführen? Hab' ich dir nicht immer gesagt, es gibt nur Unglück, wenn dieses Weib in der Nähe ist.«

Auf dem Weg zur Haustür hörte ich sie noch jammern, ob sie es wohl wagen könne, ein paar Einkäufe zu machen. Nicht, daß diese Verbrecher da draußen auf der Lauer lagen ... Wo dieses Weib doch genau wußte ... Schuster, bleib bei deinen Leisten. Meine Leisten gingen mir manchmal einfach nur auf die Nerven. Gutmütige, biedere alte Leute, rechtschaffen und ehrlich bis auf die Knochen.

Sie wären niemals auf die Idee gekommen, ein verletztes Tier zu quälen. Sie bohrten mit ihren Ästen nur in anderen Wunden herum. Ich hatte Maren doch gar nicht erwähnt, mit keiner Geste und keiner Silbe auch nur angedeutet, daß sie und der kleine Mann vielleicht Komplizen waren. Aber sie brauchten gar keine Andeutung. Sie lebten seit mehr als zwanzig Jahren in der unumstößlichen Gewißheit, daß Maren für alles Schlechte in der Welt verantwortlich war. Und wenn auf dem Ganges ein Ausflugsboot absoff, hatte sie es vermutlich hinuntergezogen.

Vielleicht hatte mich das immer wieder neu in Marens Arme getrieben. Mein persönlicher Pakt mit dem Teufel, mitten hinein in die Glut der Hölle stoßen, wer konnte das schon? Und wer konnte anschließend erwarten, mit heiler Haut davonzukommen? Aber darüber dachte ich nicht nach, jedenfalls nicht in dem Moment, als ich in meinen Wagen stieg und noch kurz bei Peter Bergmann vorbeifuhr.

Nur eine Frage: Hat Godberg seinen Kredit bekommen?

Er hatte!

Nach Rücksprache mit der Zentrale. Nach Hinterlegung einer Sicherheit. Ein Smaragdcollier mit Echtheitszertifikat. Woraufhin natürlich niemand mehr ein Gutachten eingeholt hatte. Satte zweihunderttausend, zu tilgen in Monatsraten, die in etwa dem Einkommen eines Generaldirektors entsprachen. Das Collier lag jetzt in einem sicheren Tresor.

»Da liegt es gut«, sagte ich zu Peter Bergmann.

Und eine halbe Stunde später sagte ich zu Hans Wehrlein: »Er hat auch das Duplikat zu Geld gemacht. Es liegt jetzt als Sicherheit für einen Kredit bei der Bank, zusammen mit einem Echtheitszertifikat.«

Wehrlein schüttelte den Kopf. »Der Junge reitet sich immer tiefer in die Scheiße.« Ich war der gleichen Meinung.

»Anlageberater«, murmelte Wehrlein und strich sich mit der Hand über die Unterlippe. »Hast du schon mal drüber nachgedacht, daß eventuell er derjenige ist, welcher? Er wäre nicht der erste von den Brüdern, der seine Kunden ausgenommen hat und dann die Kurve kratzt. Vielleicht sogar mit Unterstützung deiner Bekannten und ihres Anhangs.« Wehrlein seufzte. »Und damit verplempern wir die Zeit. Wir sollten ihn uns schnappen, bevor er abhauen kann. Rechne doch mal nach, wieviel der bis jetzt schon zusammenhat.«

Kurz nach acht saßen wir wieder alle zusammen. Lagebesprechung. Thomas Scholl hatte die ganze Nacht Godbergs Haus im Auge behalten. Er gab einen kurzen Bericht, keine besonderen Vorkommnisse. Aber zwei neue Aspekte. Godberg hatte die Bank aufs Kreuz gelegt. Und beim Kindergarten hatte sich ein kleiner Mann herumgetrieben.

Meine Entscheidung, daß Olli daheim bleiben mußte, stieß zwar auf menschliches Verständnis, war aber trotzdem falsch. Erste Regel in solch einem Fall: So tun, als ob man von nichts eine Ahnung hat. So weitermachen wie bisher. Also ans Telefon.

Meine Mutter war um keinen Preis der Welt bereit,

heute einen Fuß vor die Tür zu setzen, schon gar nicht zusammen mit dem armen Kleinen. Auch dann nicht, wenn hundert Polizistinnen als Leibwache abkommandiert würden. Da war nichts zu machen. Vater war einsichtiger. Erkundigte sich allerdings: »Soll ich der Kindergärtnerin sagen, daß sie . . . .«

Nein, nein, auf gar keinen Fall. Was immer zu sagen und zu regeln war, würden wir selbst übernehmen. Es beruhigte ihn, er hatte seit jeher uneingeschränktes Vertrauen zur Polizei.

Jochen war den ganzen Vormittag unterwegs, führte ein sehr aufschlußreiches Gespräch mit einem Goldschmied. Er kam zurück mit einem guten Dutzend Hochglanzfotografien. Auserlesene Pretiosen, von denen Alex Godberg im Laufe der letzten beiden Monate Duplikate in Auftrag gegeben hatte. Und die Originale hatte er letzte Woche verkauft. Wehrlein wiederholte noch einmal, was er bereits mir gegenüber geäußert hatte. Der gute Alex hatte wohl selbst irgendein krummes Ding vor, von langer Hand vorbereitet. Allmählich wurde Godberg mir unsympathisch. Vor allem, als es dann hieß, daß wir in solch einem Fall keine große Besetzung brauchten. Heute noch, dann sehen wir weiter.

Kurz nach elf machte sich Frau Beske auf den Weg zum Kindergarten, zusätzlich bewaffnet mit einer Kamera. Als sie zurückkam, versicherte sie mir, Oliver sei an der Hand seines Großvaters wohlbehalten heimgekommen, brachte anschließend gleich den Film ins Labor. Etwas Auffälliges hatte sie nicht bemerkt. Aber ein kleines Mädchen war auf der Straße von einem jungen Mann in Lederjacke in Empfang genommen worden. Und Frau Beske hatte den Eindruck gehabt, daß das Kind dem Mann nur sehr widerstrebend folgte. »Wenn überhaupt«, meinte sie, »dann war er der Verdächtige. Die Jacke hatte ein Emblem auf dem linken Ärmel.«

Alle um mich herum waren beschäftigt mit Wenn und Aber. Ich lief einfach nur herum. Der Mann, der die Maschinerie angeworfen hat und jetzt nicht weiß, wie es weitergehen soll. Der sich allerdings zur Verfügung halten mußte, falls Maren Lust auf ihn bekam. Der James Bond im Westentaschenformat, unter Einsatz von Leib und Seele und Potenz. Wunderte mich nur, daß sie mir nicht gleich eine Wanze auf den Nabel klebten. Ich kam mir so untätig und so lächerlich vor. Die ganze Situation erschien mir unwirklich. Immer wieder ertappte ich mich bei Seitenblicken zum Telefon.

Ruf an, Maren! Bringen wir es hinter uns! Ruf schon an!

Was wollten sie von Oliver?

Ich konnte nicht am Schreibtisch sitzen, konnte mich nicht mit Ermittlungsakten ablenken, in denen es um neuwertige Videorecorder und ähnlichen Kram ging. Ich hatte Angst, richtige Angst, und die legte sich erst gegen Abend. Die zweite Großaktion im Fall Godberg. Frau Beske hatte den größten Teil des Nachmittages am Küchenfenster seines Nachbarn verbracht. Gegen sechs Uhr gab sie die Nachricht durch: »Er geht zur Garage.« Wieder mit einem Aktenkoffer.

Zusammen mit Hans Wehrlein ging ich zum Wagen. »Heute schnappen wir ihn uns«, meinte er zuversichtlich.

Das Spiel wiederholte sich. Zur Autobahn, Kölner Innenstadt, ein unscheinbares, schmalbrüstiges Haus, neben der Tür ein schlichtes Messingschild, ein Münzhändler.

Diesmal blieb Thomas Scholl zurück, Recherche vor Ort. Wir fuhren hinter Godberg her. Zurück zur Autobahn. »Der hat kassiert und fährt nach Hause«, sagte Wehrlein.

Und außer uns war niemand an ihm interessiert. Keine Auffälligkeiten. Es herrschte der typische Feierabendverkehr. Überholmanöver von Leuten, die es eilig hatten. Andere zuckelten gemächlicher dahin. Auch Godberg ließ sich Zeit. Benahm sich jedenfalls nicht wie ein Mann, der sein einziges Kind in den Händen einer sadistisch veranlagten Erotomanin zurücklassen mußte und seine Frau in der Gewalt einer Verbrecherclique weiß.

Kurz bevor wir die Raststätte Frechen erreichten, gab Scholl über Funk die Meldung durch, daß Godberg ein Vermögen bei sich tragen mußte. Er hatte eine Münzsammlung im Wert von sechshunderttausend Mark verkauft. Ich setzte mich vor ihn. Wehrlein winkte ihn an die Seite. Und Alex fuhr treu und brav hinter uns her auf den Parkplatz. Ganz der rechtschaffene Bürger, der nichts zu befürchten hat.

»Willst du allein mit ihm reden?« fragte Wehrlein. Es ging nicht darum, was ich wollte. Und auf eine Antwort wartete er auch nicht. »Ist vielleicht besser, wenn ich im Wagen bleibe.«

Ich stieg aus und ging zu dem hellen Opel hinüber. Alex kurbelte nur das Fenster hinunter, schaute erwartungsvoll zu mir auf. Ich zeigte zur Raststätte hinüber. »Trinken Sie einen Kaffee mit mir, Herr Godberg, oder haben Sie keine Zeit?«

Den Motor hatte er abgestellt, aber der Schlüssel steckte noch. Er zog ihn ab, schwang sich lässig aus dem Sitz und reckte sich, verschloß den Wagen. Auf dem Beifahrersitz lag eine dunkle Aktentasche, mehr ein Koffer.

»Ich habe viel Zeit, und eine freundliche Einladung schlage ich nur selten aus«, erklärte er, schaute mit einem Grinsen zu unserem Wagen hinüber. »Die Tasche kann ich sicher im Wagen lassen. Ihr Kollege paßt auf, nehme ich an.«

»Macht er«, sagte ich.

Dann saßen wir uns gegenüber. Die erste Viertelstunde lang schlug Alex Godberg sich tapfer. Ein Mann ohne Probleme, lässig und locker. Seinen Kaffee ließ er mich zahlen, trank einen Schluck davon, zündete sich umständlich eine Zigarette an. Und erst nachdem er den Rauch zum Fenster hin geblasen hatte, erkundigte er sich: »Was für ein Spiel spielen Sie eigentlich mit mir, Herr Neubauer?«

»Metzner«, korrigierte ich.

Alex tippte sich an die Stirn, setzte zur Entschuldigung sein jungenhaft unbekümmertes Lächeln auf. »Ach ja, hatte ich vergessen. Sie sind nicht verheiratet.«

»Aber Sie«, stellte ich fest. Ein flüchtiges Nicken, noch so ein Lächeln, von dem ich nicht wußte, ob es hilflos oder selbstgefällig war.

»Derzeit bin ich Strohwitwer«, teilte Alex mir mit, »aber das wissen Sie ja. Ich hoffe nur, daß meine Frau ihren Besuch nicht mehr allzu lange ausdehnt. Ist ganz schön einsam.«

»Na, Sie sind ja nicht ganz alleine«, sagte ich. »Und Maren kann durchaus eine angenehme Gesellschafterin sein.«

Er war pure Überraschung. »Wer ist Maren?«

»Maren Koska«, erklärte ich, »die Frau, die sich zur Zeit um Ihren Sohn kümmert.«

Alex legte den Kopf ein wenig zurück, hob die Augenbrauen an, als hätte ich ihm gerade ein Geheimnis offenbart, hinter dem er schon lange her war. »Koska«, wiederholte er, rollte den Namen genüßlich über die Zunge und wiegte den Kopf vor und zurück. »Das ist mir neu. So hat sie sich nicht vorgestellt.«

»Wie hat sie sich dann vorgestellt?«

Er zuckte flüchtig mit den Schultern. »Eigentlich gar nicht. Aber das kann man von solchen Leuten wohl auch nicht erwarten.« Mit einem langen Seufzer schaute er zum Fenster hinaus. Ob er die vorbeifahrenden Wagen zählte oder die Büsche betrachtete, war nicht ersichtlich. »Ich habe ja noch Glück gehabt«, fuhr er endlich fort, »daß sich nicht an ihrer Stelle der Jugoslawe bei mir einquartiert hat. Kennen Sie den auch?«

Die Fotos, die Frau Beske mittags gemacht hatte, waren bei unserer Abfahrt noch nicht fertig gewesen. Eine ärgerliche Schlamperei, sonst hätte ich Alex jetzt ein paar Bilder zeigen können. Der Jugoslawe, dachte ich, und schüttelte den Kopf. »Nein.«

»Schade, sein Name hätte mich mehr interessiert. Er hat sich ebenfalls nicht vorgestellt. Ich nenne ihn Ratte, eine hundsgemeine dreckige Ratte.«

»Und wie nennen Sie den anderen?«

Alex lächelte mich an, aber jetzt war sein Lächeln schmerzlich. »Sie meinen Rex? Den nenne ich einfach Boß. Das hört er gerne. Da fühlt er sich richtig geschmeichelt.«

Wir spielten noch eine ganze Weile Katz und Maus miteinander. Es schien Alex zu gefallen, machte jedenfalls mehr Eindruck auf ihn als der Versuch, den wohlwollenden Freund und Helfer zu mimen. Ich holte noch einmal Kaffee an den Tisch. Er starrte wieder zum Fenster hinaus, zündete sich bereits die vierte Zigarette an. Begann zu sprechen, als wollte er der Fensterscheibe etwas erzählen.

»Als es eine ganze Woche lang ruhig blieb, war ich mir sicher, daß der Kleine nicht geplaudert hat. Und jetzt habe ich es fast geschafft. Wenn Sie mir nicht dazwischenfunken, ist die Sache spätestens Anfang der nächsten Woche überstanden. Ich habe es fast zusammen.«

»Wieviel?« fragte ich.

Alex Godberg schaute mich an, seine Unterlippe zitterte leicht, er zog sie zwischen die Zähne und erkundigte sich: »Was meinen Sie? Wieviel ich habe, wieviel mir noch fehlt oder wieviel die insgesamt wollen?«

»Das letzte zuerst.«

Alex nickte, rührte bedächtig seinen Kaffee um, flüsterte: »Zwei Millionen.« Kein Wort von kleinen oder nicht registrierten Scheinen, einfach: zwei Millionen.

»Und die kriegen Sie bis Anfang der nächsten Woche zusammen?« Vielleicht hätte ich ihn dafür bewundern müssen. Ein Mann, der seine Putzfrau nicht bezahlen konnte, machte innerhalb von vierzehn Tagen zwei Millionen flüssig.

Er schaute mich wieder an, ein bißchen feindselig. Dann nickte er trotzig. »Nicht ganz auf legalem Weg, darauf wollen Sie doch hinaus. Aber ich krieg' sie zusammen, wenn Sie mich in Ruhe lassen. Wenn ich mich irgendwie strafbar machen sollte, können wir das ja später klären. Wenn Sie allerdings noch weiter hinter mir herschnüffeln, brauche ich vermutlich nur noch das Geld für die Grabstelle. Die sind nicht blöd, und die fackeln nicht lange. Wissen Sie, was passiert ist, als Sie letzten Samstag das verdammte Bilderbuch abgeholt haben?«

Ich wußte es nicht, woher denn auch.

Alex erklärte es mir. Maren hatte sein Haus verlassen, gleich nachdem ich abgefahren war. Mit lächelnder Miene, harmlos, keineswegs bedrohlich.

»Ich habe mir nichts dabei gedacht«, murmelte Alex. »Sie war schon mehrfach unterwegs. Und sie konnte doch nicht wissen, daß Sie von der Kripo sind. Dachte ich jedenfalls. Ich hätte mich ja fast selbst verplappert, hab' mir das im letzten Moment verkniffen. Aber sie wußte Bescheid.«

Maren war eine knappe Stunde fortgeblieben und mit Ellas blutverschmiertem Gipsverband zurückgekommen. »Und sie sagte«, murmelte Alex, »wenn der nächste Bulle vor meiner Tür auftaucht, bringt sie mir den Arm. Den könnte meine Frau jetzt wahrscheinlich sowieso nicht mehr gebrauchen.«

Und ich wußte wieder einmal nicht, was ich denken sollte. Ob ich ihm glauben konnte, glauben mußte, weil ich in diesem Augenblick ganz deutlich die kleine Katze vor Augen hatte. Der Kaffee schmeckte plötzlich wie mit Salzsäure aufgebrüht und mit der Mistgabel umgerührt. Wenn er die Wahrheit sagte ...

So ist das wohl, wenn der letzte Funke einer ohnehin schon schmalbrüstigen Hoffnung erlischt. Maren Koska stocherte wieder in blutigen Fetzen herum. Es regt mich eben auf. Gib's mir richtig, Konni. Rex hat nicht dein Standvermögen. War es nur das, oder war es Olli?

Wenn Alex Godberg mich nur nicht so hoffnungsvoll angesehen hätte. Ich wollte das Gespräch nicht in eine Richtung abdriften lassen, in der es zwangsläufig Scherben geben mußte. Schön cool und sachlich bleiben. Vielleicht log er ja nur das Blaue vom Himmel herunter.

»Strafbar gemacht haben Sie sich bereits«, erklärte ich ihm ruhig. »Sie haben für einen Kredit eine Sicherheit hinterlegt, die nicht viel mehr wert sein dürfte als die Fensterscheibe da.«

»Ein bißchen mehr schon«, erwiderte er ebenfalls gelassen. Insgeheim bewunderte ich ihn, fragte mich unwillkürlich, wie ich an seiner Stelle reagieren würde, wenn mir einer mit solchen Sprüchen käme. »Die betrügerische Absicht bleibt. Sie werden diesen Kredit niemals tilgen können. Oder haben Sie Reserven?«

Reserven, um Peter Bergmann zufriedenzustellen, allemal. Immerhin besaß Alex ein Haus, so gut wie schuldenfrei, wie er behauptete, und in jedem Fall mehr wert als diese lumpigen Zweihunderttausend. Und er hatte schon mehr als einmal bei Null angefangen, mit Frau und Kind von der Hand in den Mund gelebt, zu anderen Zeiten im Geld geschwommen. Er würde schon wieder auf die Beine kommen, gar keine Frage.

Es tat ihm anscheinend gut, mir seine Geschicklichkeit

und die Raffinesse, mit der er arbeitete, detailliert zu erklären. Ich brachte ihn langsam und vorsichtig auf den Punkt zurück. Maren Koska und ihre Komplizen.

Aber dazu konnte er angeblich nicht viel sagen. Er kannte weder die Frau noch die beiden Männer, hatte keine Ahnung, wie die auf die Wahnsinnsidee verfallen waren, ausgerechnet seine Frau zu kidnappen. Mit der Sache, die Jochen ausgegraben hatte, hatte es jedenfalls nichts zu tun. Da war er ganz sicher.

Ich hörte mir die ganze Geschichte noch einmal aus seiner Sicht an. Sie glich in allen wesentlichen Punkten Olivers Version. Bekam noch einen Anfang und ein paar Ergänzungen dazu.

Es klingelt an der Tür. Ella öffnet, ein leiser Aufschrei. Sie kommen zu viert ins Wohnzimmer. Ella ist blaß, sichtlich verstört, gibt Zeichen, die Alex nicht gleich deuten kann. Die Besucher tun freundlich. Rex erkundigt sich höflich nach einem gewissen Schmuckstück, das er, Godberg, für einen Bekannten auslösen soll. Ella gibt immer noch Zeichen. Endlich bemerkt Alex die Waffe. Rex hält sie ganz locker und lässig in der herunterbaumelnden Hand. Man begibt sich ins Arbeitszimmer. Der kleine Tresor wird geöffnet. Alex hofft einen winzigen Augenblick lang, Rex möge den Inhalt nehmen und verschwinden.

Aber Rex denkt gar nicht daran, betrachtet die einzelnen Stücke nur mit wohlgefälligem Blick, geht, gefolgt von den anderen, zurück ins Wohnzimmer, erklärt mit überaus freundlicher Stimme sein Anliegen: Es wäre nett, wenn Alex sich entschließen könnte, die Sachen zu verkaufen. Rex ergeht sich in Spekulationen über andere im Haus befindliche Werte, kommt auf die runde Summe von zwei Millionen, über den Daumen gepeilt.

Alex hat genug gehört, tippt sich an die Stirn, erklärt deutlich, wie er über solch ein Ansinnen denkt und kriegt einen Klaps auf die Nase dafür. Ella verläßt mit einem weiteren Aufschrei das Zimmer, der zweite Mann bringt sie zurück.

Danach entschuldigt sich Rex für seine Grobheit und sein aufbrausendes Temperament, und der zweite Mann zählt mit schiefem Grinsen auf, wie dieses Temperament bei anderen Gelegenheiten mit Rex durchging und welche Folgen das für die Betroffenen hatte. Dann erwähnt er noch flüchtig ein paar Praktiken, die er persönlich bevorzugt, einfach weil sie nicht so offensichtliche Spuren wie eine blutende Nase hinterlassen, dafür jedoch um einiges schmerzhafter sind. Zum Beweis seiner Fähigkeiten spielt er ein wenig mit Ellas Arm herum.

Die Frau wendet sich gelangweilt dem Fenster zu. Und den Rest kannte ich nun wirklich zur Genüge. Nein, nicht ganz. Nachdem Alex meinen Sohn heimgeschickt hatte, machte sich die Ratte erneut und heftiger an Ellas Arm zu schaffen.

Über seinem nüchtern vorgetragenen Report war Alex merklich blasser geworden, hatte unentwegt mit dem Kaffeelöffel gespielt. Jetzt legte er ihn auf den Unterteller zurück.

»Wenn er mich zusammengeschlagen hätte, gut, okay. Aber Ella . . .«

Sein Blick verdunkelte sich.

Er schüttelte den Kopf. »Ich kann kein Risiko eingehen, verstehen Sie das?«

»Sie wollen nicht, daß wir uns einmischen.«

»Ich will nur eins«, sagte er leise. »Ich will meine Frau. Und ich will sie möglichst heil zurück. Können Sie dafür garantieren, daß ihr nicht noch mehr passiert? Ich habe genug über solche Fälle gehört und gelesen. Manchmal hat die Polizei Glück, manchmal hat sie Pech. Aber wir sind ja hier nicht in Italien. Sie können nicht meine Konten sperren. Sie können mir nicht verbieten zu zahlen.

Und Sie können mich auch nicht zwingen, mit der Polizei zusammenzuarbeiten.«

Noch einen Schluck Kaffee, er vertrieb das lahme Gefühl in der Magengegend, rüttelte den Bullen wach. Na komm schon, Konni, du bist doch auch nicht von gestern. Erzähl dem Jungen mal, was noch nachkommen kann. »Aber ich kann an Ihre Vernunft appellieren«, sagte ich. »Nach allem, was Sie mir eben erzählt haben, glauben Sie da wirklich noch, daß die Leute Ihre Frau laufen lassen, nachdem Sie gezahlt haben?«

Er nickte mehrfach hintereinander, bekräftigte es noch durch den inbrünstigen Satz: »Ja, das glaube ich.«

Ich schüttelte den Kopf. »Die können Ihre Frau nicht laufenlassen. Und sie können Sie nicht laufenlassen und Ihren Sohn auch nicht. Die kassieren doch nicht ab, um sich anschließend rund um die Welt hetzen zu lassen.«

Eine volle Minute blieb es still. Und die ganze Zeit über schaute er mir ins Gesicht.

Dann fragte er: »Wer soll sie denn hetzen, wenn Sie sich raushalten?«

Ich hätte gerne noch einen Bericht über die vergangene Woche und die letzten Tage von Alex Godberg gehört. Vor allem interessierte mich natürlich, wie Maren sich verhielt, ob und wie sie mit ihren Kumpanen in Kontakt stand. Aber Alex vertröstete mich auf den nächsten Tag, erklärte lediglich: »Sie telefoniert oft. Nicht nur mit Rex. Irgendwie treibt sie ein ganz linkes Spiel. Ich durchschau das noch nicht ganz, aber ich vermute, sie will die beiden Männer austricksen. Da ist noch ein Mann, mit dem trifft sie sich auch. Letzten Mittwoch war sie weg. Und dann rief Rex an.«

Alex grinste, nickte bedächtig. »Er kam nicht persönlich, schickte den Jugoslawen. Der hat dann auf sie gewartet, hat ihr ganz schön zugesetzt, als sie zurückkam. Wissen Sie, ich bin kein Sadist, aber das habe ich richtig genossen. Nur läßt sich das Weib nicht so schnell unterkriegen. Sie hat es sogar geschafft, den Jugoslawen davon zu überzeugen, daß sie nur unterwegs war, um . . .«

Alex stockte, setzte neu an: »Um . . .«, brach wieder ab und schluckte trocken. »Es ging um Ihren Kleinen. Sie hat nicht lange gebraucht, um seinen Namen aus Sven herauszuholen. Na ja, der Jugoslawe sagte jedenfalls, sie soll sich nicht um Dinge kümmern, die sie nichts angehen. Und sie meinte, man müsse nicht unnötig Beete zertrampeln. Sie habe sich umgehört, es sei alles in Ordnung.«

»Jugoslawe«, fragte ich, »ist das ein Spitzname?«

Alex schüttelte den Kopf. »Nein, Rex hat da irgendeine Bemerkung gemacht. Da hätten sie aufgeräumt oder sich getroffen, ich weiß es nicht mehr. Ich weiß wirklich nicht, wie der Kerl heißt oder gerufen wird. Aber den anderen, den, mit dem sie sich hin und wieder trifft, den nennt sie Konni.«

Dann erhob er sich. »Ich muß jetzt weg. Zu spät darf ich nicht zurückkommen, sonst wird sie vielleicht mißtrauisch.«

Am nächsten Tag wollte er noch ein paar Schmuckstücke verkaufen, an einen Privatmann in Bergheim. Er nannte mir sogar den Namen, als wir hinausgingen. Grinste mich schief von der Seite an, zuckte mit den Schultern. »Ich habe die Sachen vor einiger Zeit für Ella anfertigen lassen. Sie gefielen ihr so gut. Vielleicht nehme ich sie später zurück, wenn wir das überstanden haben, wenn ich wieder auf den Beinen bin.«

Gegen meinen Willen grinste ich ebenfalls. Der Name, den er mir im Hinblick auf den morgen anstehenden Verkauf genannt hatte, war ein Begriff, klang nach mehr Geld, als man ausgeben kann. Ein Sammler, der sich auf ganz besondere Bauwerke spezialisiert hatte, den man im Zusammenhang mit seiner Sammlung auch häufig als

König bezeichnete. Dem taten ein paar Tausender nicht weh.

»Ich bin um vier mit ihm verabredet«, sagte Alex. »Wie lange es dauert, kann ich nicht sagen, aber vielleicht können Sie auf mich warten?«

Es klang nach Hoffnung, und für mein Empfinden hatte er das Sie ein wenig zu stark betont. Er lehnte sich gegen seinen Wagen, wartete auf eine Antwort.

Ein weiterer Mann, dachte ich. Mit dem trifft sie sich auch. Und wegen Olli hat sie sich umgehört. Ich steckte wirklich bis zum Hals drin. Und bei zu großem persönlichem Engagement sollte man sich von den laufenden Ermittlungen fernhalten. »Wenn ich verhindert bin«, begann ich, »würden Sie mit einem meiner Kollegen reden?«

Alex schüttelte den Kopf. »Nein! Und vergessen Sie eines nicht. Ich will nichts von der Polizei. Die Polizei will etwas von mir.«

Ich mußte ihm sagen, daß ich möglicherweise für ein paar Tage beurlaubt würde, wenn ich erst weitergab, was ich von ihm erfahren hatte. Weil damit feststand, daß ich für Maren nur ein Mittel zum Zweck gewesen war. Und weitergeben mußte ich das, schon wegen Olli. Und dann bestand auch die Möglichkeit, daß Maren noch einmal in seiner Gegenwart mit mir telefonierte, daß er dabei erfuhr, wer Konni war. Daß er die Nerven verlor, eine Dummheit machte.

Mehrfach winkte ich zu Hans Wehrlein hinüber, gab ihm Zeichen, die Wehrlein jedoch ignorierte oder nicht richtig deuten konnte. Das mußte ich wohl allein entscheiden, Offenheit für das Vertrauen von Alex Godberg. Man macht viele Fehler im Leben, manchmal kommt nichts danach, manchmal kommt es knüppeldick.

Als Alex schließlich begriff, ließ sich das nicht mehr ungeschehen machen. Sekundenlang starrte er mich sprachlos an, nur die Augen aufgerissen, daß sie in der Dunkelheit wie verschwommene weiße Flecke in seinem Gesicht wirkten. Dann flog er herum, schlug mit der Faust auf das Wagendach. Ich hörte etwas wie ein Schluchzen.

»O Mann, das gibt's doch nicht. Sie sind Konni.«

Hans Wehrlein, der keinen Blick von uns gelassen, mir lediglich die Entscheidung überlassen hatte, stieg aus, ging zu ihm hin und legte ihm eine Hand auf die Schulter. Er hatte mitgehört und anscheinend für gut und richtig befunden, daß ich Alex reinen Wein einschenkte. Jetzt versuchte er, ihn zu beruhigen, was ihm nach einigen Minuten auch gelang. Wehrlein versuchte sogar, meine Rolle in diesem Trauerspiel mit der Aufgabe als Ermittlungsbeamter zu erklären.

Eine äußerst gefährliche Position, in der ich mich da befand, der Mann zwischen den Mühlsteinen sozusagen.

Bevor Alex schließlich in seinen Wagen stieg, erklärte er: »Wenn Sie verhindert sind.« Und jedes Wort war bereits zu ätzendem Brei gekaut, bevor er es ausspuckte. »Rede ich im Notfall mit Becker, aber nur mit ihm. Er ist in Ordnung.«

Er fuhr mit aufkreischenden Reifen los, das Heck des Opels schlingerte, als er sich in den fließenden Verkehr einreihte. Hans Wehrlein schüttelte den Kopf. »Hoffentlich geht das gut. Das hat ihn ziemlich aus der Fassung gebracht.«

Mich auch, aber das stand nicht zur Debatte. Darüber hinaus wurde meine Rolle, mehr noch die Ergebnisse, die ich brachte, eine halbe Stunde später mit Wohlwollen und Entsetzen zur Kenntnis genommen. Neue Lagebesprechung, neue Einteilung.

Glauben wir vorsichtshalber einmal, was Alex Godberg behauptet.

Thomas Scholl abkommandiert zum Dauerposten bei Godbergs Nachbarn. Viele Möglichkeiten hatten wir wahrhaftig nicht. Aber im äußersten Notfall würde Scholl zumindest das Kind und Alex selbst aus dem Haus holen können. Gebrauch der Schußwaffe vom Chef selbstverständlich abgesegnet.

Wir brauchten mehr Leute, einen zweiten Mann, der Scholl ablöste. Zwei Männer, die sich in der Nähe bereithielten, um ihn zu unterstützen. Zweimal zwei Männer, die sich an Alex' Fersen hefteten, falls es zu einer Übergabe des Geldes kam, bevor wir auch nur daran dachten.

Zehn Minuten Diskussion, ob irgendeine Gefahr für Olli bestand. Nein, wohl kaum, nicht mehr nach neun Tagen. Dann eine Anfrage nach Köln und die Zusicherung, daß uns morgen früh zwei Männer geschickt würden, einer davon psychologisch geschult und erfahren in derartigen Situationen. Es kam dann allerdings nur einer.

Noch ein weiterer wichtiger Punkt, der mir nicht aus dem Kopf ging. Maren war nach meinem Erscheinen am vergangenen Samstag nur eine knappe Stunde unterwegs gewesen. Die Fahrt hin und zurück, Diskussion über Sinn und Zweck meines Besuches und das Abnehmen des Gipsverbandes berücksichtigend, sie mußten hier irgendwo in der Nähe sein.

Koskas Grundstück, das verlassene Haus, die fast unbewohnte Umgebung, eigentlich ideal. Da wurde abgewinkt. Blödsinn, viel zu gefährlich. So dumm waren die Brüder nicht, sich im Eigenheim einzuquartieren. Folglich erschien eine Überwachung von Koskas Grundstück vorerst als Zeitverschwendung.

Und abschließend für diesen Tag: Die Fotos vom Kindergarten lagen vor, und aus Hamburg waren endlich ein paar Funkbilder von Helmut Odenwald eingetroffen, angefordert vor gut vierundzwanzig Stunden, aber gut Ding will Weile haben. Zwei von den Bildern nahm Frau Beske an sich, einmal Porträt, einmal Profil. Sie wurden mehrfach kopiert. Einen Vollbart trug Odenwald auf den Bildern nicht. Und der Zeichner hatte bereits Feierabend gemacht.

Ein kurzer Anruf. Er wartete dann schon im Wagen vor der Haustür, als ich zusammen mit Frau Beske heimkam.

Oliver schlief, immerhin war es elf vorbei. Aber Hanne protestierte nicht, sie weckte ihn einfach. Dann saß er mit roten Wangen und kleinen Augen auf ihrem Schoß. Es brauchte seine Zeit und einen heißen Kakao mit Schlagsahne, ehe er aufnahmefähig war. Ein langer Blick auf das Porträtbild, ein kurzes Kopfschütteln. Der Rex sah ganz anders aus.

Ein flinker Zeichenstift brachte Unmengen von krausen Haaren auf die glatten Wangen. Olli schaute fasziniert zu und schüttelte immer noch den Kopf. Er wollte selbst malen, weil er es doch ganz genau wußte. Frau Beske legte ihm eine der Kopien vor. Olli ging vor dem Wohnzimmertisch in die Knie, klemmte die Zungenspitze ein und zeichnete zuerst einmal die Sonnenbrille. Mit leicht gezackten Rändern und nachtschwarzen Gläsern, so daß die stumpf blickenden Augen völlig darunter verschwanden, aber immerhin rund. Dann kam der Bart an die Reihe. Olli war inzwischen hellwach, verlangte nach einer zweiten Tasse Kakao zur Kräftigung der Armmuskulatur.

Nach einer halben Stunde war er endlich zufrieden mit seinem Werk. So sah der Rex aus, genau so. Das Bild hatte jetzt frappierende Ähnlichkeit mit Ollis Strichmännchen. Und unser Zeichner schmollte. »Dafür haben Sie mich aus dem Bett geklingelt. Sind Sie jetzt wenigstens klüger?«

Nicht klüger, nur noch müde. Frau Beske und der

Zeichner verabschiedeten sich. Hanne fragte, ob ich noch etwas essen wolle. Zuletzt hatte ich am Vormittag in ein belegtes Brötchen gebissen, aber mein Magen war randvoll.

»Du bist ganz grau im Gesicht«, sagte Hanne. So fühlte ich mich auch. Sie brachte Oliver zurück in sein Zimmer. »Und wir gehen am besten auch gleich ins Bett. Wenn du nichts mehr essen willst.«

Ich wollte auch nicht ins Bett. Maren hatte nur eine knappe Stunde gebraucht, um Ella Godberg für meinen Besuch büßen zu lassen. Dieses Gespensterhaus da draußen. Blödsinn oder nicht, es war ideal.

»Du willst doch nicht etwa noch einmal weg«, sagte Hanne, als ich in die Küche ging, um mir einen Kaffee aufzubrühen. »Konrad, sei vernünftig, du bist müde, du bist völlig erledigt, sieh dich doch an. Wo willst du denn jetzt noch hin?«

Ich konnte es ihr nicht sagen, aber ich konnte es ihr auch nicht verschweigen. Dafür, daß Olli heil nach Hause gekommen war, hatte Ella Godberg leiden müssen. Dafür, daß ich Ollis Buch geholt hatte, war Ella Godberg vermutlich jetzt ein Krüppel. Ich bin kein Arzt, ich kenne mich nicht aus mit komplizierten Armbrüchen. Wie lange sie brauchen, um zu verheilen, und was geschieht, wenn in diesen Heilprozeß in massiver Weise eingegriffen wird, das weiß ich nicht.

Kein Gericht der Welt würde uns dafür verantwortlich machen, aber das änderte nichts. Ich mußte wenigstens einmal nachsehen. Als ich endlich genug erklärt hatte, war Hanne ganz steif.

»Aber doch nicht allein, Konrad. Bitte, um Gottes willen, du kannst doch nicht allein . . . Wenn die wirklich da draußen sind . . . Die bringen dich um und Ella gleich mit. Jetzt sei doch vernünftig.«

»Wenn überhaupt«, sagte ich, »dann nur allein. Was

meinst du, was passiert, wenn ein Großaufgebot anrückt? Ich bin vorsichtig, das verspreche ich dir.«

Hanne blieb mit mir in der Küche sitzen, trank ebenfalls Kaffee, bis ihr die Hände davon zitterten. Rauchte, was sie normalerweise nicht tat. Atmete, als ob ihre Lungen mit Kohle gefüllt wären. Ich wartete noch bis kurz vor drei.

»Wenn ich um fünf nicht zurück bin, rufst du Jochen an und sagst ihm Bescheid. Nur Jochen, sonst niemandem.«

Hanne ging mit bis zur Wohnungstür. Ein Blick wie eine Spiegelscherbe, die glimmende Zigarette in der Hand.

»Wenn es auch nur das geringste Anzeichen dafür gibt, daß die im Haus sind«, versprach ich ihr, »komme ich sofort zurück.«

»Du bist völlig übergeschnappt«, sagte Hanne tonlos und schloß die Wohnungstür.

## 5

Den Wagen ließ ich in einer der einsamen Straßen stehen, ein paar hundert Meter von dem Koska-Grundstück entfernt. Es war so verdammt still, kein Mensch, kein Auto, keine Deckung auf der Straße, eine Gegend wie ein alter Friedhof. Und kalt war es, aber vielleicht war es auch nur die Müdigkeit, die mich frieren ließ.

Eine starke Taschenlampe, eine geladene Pistole und Herzklopfen bis in die Fingerspitzen. Ella Godberg, etwa von Hannes Größe, dunkelblond. Die ganze Zeit über sah ich ein Gesicht vor mir. Ein feines schmales Gesicht mit sehr hellem Teint und dunklen Augen, älter und weiblicher als das von Sven, ansonsten jedoch gleich. Tante Ella hat geweint. Vor Zorn? Vor Hilflosigkeit? Vor Schmerzen!

Was ich zu Hanne gesagt hatte, galt immer noch. Trotzdem kam das Bedürfnis auf, Ella Godberg notfalls im Alleingang zu befreien. Wenn sich irgendwie die Möglichkeit dazu bot, würde ich sie bestimmt nicht zurücklassen. Dabei kam ich mir selbst so hilflos vor. Ein Zwerg mit einer geladenen Pistole, deren Kugeln einen Dinosaurier allenfalls kitzeln konnten. Lächerlich, immer wieder diesen Vergleich zu ziehen. Aber ich kam nicht dagegen an. Und ich wünschte mir, ich hätte Jochen dabei, vielleicht auch Hans Wehrlein und Thomas Scholl und noch ein Dutzend anderer, von denen ich wußte, daß man sich auf sie verlassen konnte.

»Du bist völlig übergeschnappt«, flüsterte Hanne die ganze Zeit dicht neben mir. Sie hatte verdammt recht.

Irgendwo schlug ein Hund an, er war zu weit weg, als daß er mich meinen konnte. Aber er machte mich noch vorsichtiger. Endlich am Ziel, der alte Zaun aus Maschendraht, durchhängend zwischen den ehemals grün gestrichenen, jetzt rostenden Pfählen. Das breite, weit offene Tor, ebenfalls aus Maschendraht, halb zur Seite gekippt. Und das Haus wie ein grober Klotz zwischen den Maschinen. Kein Geräusch, kein Lebenszeichen, der weit entfernte Hund hatte sich wieder beruhigt.

Ich trat behutsam auf, tastete mit der Schuhspitze den unebenen Boden ab, bevor ich den betreffenden Fuß belastete, um den nächsten Schritt zu machen. Die Taschenlampe einzuschalten, wagte ich nicht.

Das Grundstück eignete sich hervorragend für einen Überraschungsangriff bei Nacht. Vorausgesetzt, man verzichtete auf die Scheinwerfer. Genügend Deckung durch die Maschinen, hier kam eine ganze Hundertschaft ungesehen bis ans Haus heran. Planierraupen, große Bagger, kleine Bagger, Schaufellader. Bei einem davon legte ich eine Pause ein. Ich hockte mich neben einen der Vorderreifen und wartete.

Fünf Minuten, zehn Minuten, alles ruhig. Natürlich! Nur ein Vollidiot würde sich mit seinem Opfer im ehemaligen Eigenheim seines Schwiegervaters verschanzen. Also los, einmal langsam um das Haus herum. Geschlossene Rolläden, der Abgang zum Keller, eine breite Terrasse an der Rückfront. Daneben ein nur angelehntes Kellerfenster. Glück muß der Mensch haben. Ich hockte mich so auf den Boden, daß ich das Fenster mit dem Körper so gut wie möglich verdeckte, streckte den Arm hinein, ließ einmal kurz die Lampe aufflammen und den Strahl wandern.

Ein ganz normaler Kellerraum, leere Regale an den Wänden, ein Packen alter Zeitungen in der Ecke, der Boden gefliest, mit dicken Staubflusen bedeckt. Ich stieg ein, tastete mich im Dunkeln bis zur Tür vor. Sie war geschlossen. Ein behutsames Probieren an der Klinke. Es knackte leise, als ich sie hinunterdrückte. Die Tür schwang auf, ohne weitere Geräusche zu verursachen.

Zwei Schritte in den Gang hinein, stehenbleiben, horchen. Ein Summen in den Ohren, der Kaffee, vermischt mit Müdigkeit. Absolute Finsternis, noch ein Versuch mit der Lampe, rasch und ängstlich. Vier Türen, alle geschlossen, der Treppenaufgang. Ich riskierte es, die Lampe brennen zu lassen.

Hinter der ersten Tür die Waschküche. Hinter der zweiten Tür ein alter Heizkessel, daneben ein mit Briketts gefüllter Eimer. Hinter der dritten Tür nur ein leerer Raum. Der Lichtstrahl wanderte über rauhen Zementboden, gekalkte Wände, ein mit Pappe verdecktes Fenster, zurück zum Boden. Staubflusen auch hier. Unter dem Fenster zusätzlich der Dreck von Brikett und Kohle. In der Ecke neben der Tür . . .

Es sah aus, als hätte jemand ein paar Eimer Wasser über den Zement gekippt. Die Staubflusen lagen nicht mehr locker auf. Sie lagen als zusammengepappte Knäuel, von Wellen neu geordnet, auf dem Boden. Ich sah mir die Stelle genauer an. Der Lichtkegel holte ein paar dunkle Flecken hervor.

Nicht viele Flecken, drei insgesamt, der größte davon etwa wie meine Handfläche. Eingetrocknetes Blut? Vielleicht, das war Sache der Spurensicherung und des Labors. An der Wand lagen etliche weiße Krümel. Vom Wasserschwall direkt an die Kante gespült. Sie fielen erst auf, wenn man in die Hocke ging. Es konnten durchaus Splitter von der gekalkten Wand sein. Aber das glaubte ich nicht. Ich glaubte etwas anderes. Hier hatten sie Ella Godberg den Gips abgenommen.

Und mit der Wahl des Raumes hatten sie einen Fehler gemacht. Vielleicht ihren einzigen. Sie hätten sich für die Waschküche entscheiden sollen. Auf dem gefliesten Boden wären kaum Blutflecken zurückgeblieben. Dort hätten sie auch die Krümel mühelos auffegen können.

Ich hatte Papiertücher bei mir. Und gerade als ich das Päckchen aus der Tasche zog, um mit einem der Tücher zwei oder drei von den kleinen, harten Krümeln aufzusammeln, hörte ich das Geräusch. Das satte Auffedern von Gummisohlen auf dem Boden im Nebenraum. Keine Schritte anschließend, nur meinen eigenen donnernden Herzschlag. Keine Lampe außer meiner eigenen. Und dann die Stimme.

»Tatsächlich! Hast du dir gut überlegt, was du hier treibst?« Jochen stand bei der offenen Tür, schüttelte im Strahl meiner Lampe den Kopf, flüsterte weiter. »Ich wollte es nicht glauben, als Hanne mich anrief. Ein Alleingang. Wenn die nun wirklich im Haus gewesen wären . . .« Die Konsequenz daraus erwähnte Jochen gar nicht erst.

Jetzt schüttelte ich den Kopf, richtete mich auf und winkte ihn näher heran. Wie zuvor ich ging Jochen in die Hocke und betrachtete die Krümel an der Wandkante. Nicht mehr ganz so forsch räumte er ein: »Sieht fast so aus, als wären sie tatsächlich hier gewesen.«

Er schaute sich auch die Flecken an. Und da wir nun einmal zu zweit waren... »Gehn wir rauf«, meinte Jochen. Es klang halb nach einer Frage, halb nach einem Vorschlag. Und gleichzeitig zog Jochen seine Waffe. Er schien mir etwas blasser als sonst. Vorsichtig und leise, ohne Unterstützung durch die Taschenlampe, die Treppe hinauf. Weiter kamen wir nicht. Am Ende der Treppe standen wir vor einer massiven verschlossenen Stahltür.

Auf dem Rückweg einigten wir uns darauf, die weißen Krümel vorerst an Ort und Stelle zu belassen. Jochen wollte sich noch auf dem Gelände umsehen, aber angesichts der Dunkelheit war das aussichtslos. Und angesichts der verschlossenen Stahltür und der Möglichkeit, daß sich sehr wohl jemand in den oberen Räumen aufhalten konnte, war es viel zu gefährlich.

Auf der Straße trennten wir uns. Jochen hatte seinen Wagen anderswo abgestellt. Es ist nicht übertrieben, wenn ich feststelle: Wir waren beide erleichtert, daß wir bei diesem Ausflug nicht über Rex und seinen Komplizen gestolpert waren.

Kurz nach fünf war ich wieder daheim. Hanne war noch auf, hatte mit Unmengen von Kaffee am Küchentisch auf mich gewartet. Neben der Erleichterung war ihr Blick eine einzige Frage. Ich schüttelte den Kopf und murmelte dabei: »Fehlanzeige. Das hätte ich mir sparen können.«

Hanne preßte die Lippen aufeinander. »Wo können sie Ella denn hingebracht haben?« Es war eine rhetorische Frage, aber zum erstenmal schwang darin Unsicherheit mit. Vielleicht begann Hanne erst jetzt, sich mit der Tatsache auseinanderzusetzen, wie zerbrechlich das Leben ganz allgemein ist. Ich legte mich noch für eine Stunde ins Bett. Sie blieb in der Küche. »Jetzt kann ich doch nicht mehr schlafen.«

Ich konnte sehr wohl, hatte kaum die Augen geschlossen, da war ich auch schon weg. Schlug mich in Koskas Keller mit einem halben Dutzend zähnestarrender Ungeheuer herum. Sie rissen mir den Arm ab. Und Maren brach einen kleinen Ast aus einem Gebüsch und stocherte damit in der offenen Wunde herum. Als Hanne mich dann weckte, spürte ich tatsächlich Schmerzen. Im Arm und im Leib, jeder Knochen tat mir weh. Vielleicht hatte ich nur falsch gelegen.

Noch vor acht traf ich im Büro mit Jochen zusammen. Wir kamen nicht mehr dazu, irgendwelche zusätzlichen Absprachen bezüglich unseres Ausflugs zu treffen. Ich hatte noch nicht ganz hinter dem Schreibtisch Platz genommen, als ich hinaufzitiert wurde.

Sie saßen alle zusammen, Frau Beske, Scholl, Wehrlein und ein Fremder, vermutlich die Unterstützung aus Köln. Ein relativ junger Mann, höchstens Anfang Dreißig, aber kalt wie ein Fisch. Die anderen waren freundlich, jedoch merklich zurückhaltend. Denn ich gehörte ab sofort nicht mehr dazu. Gestern hatte ich das selbst noch in Betracht gezogen, mit Erleichterung und Hoffnung. Es hatte ja auch nichts mit Mißtrauen zu tun, war eine reine Vorsichtsmaßnahme. Für die ich jederzeit vollstes Verständnis aufgebracht hätte. Jederzeit, nur nicht gerade in solch einem Moment. Da fühlte ich mich nur vor den Kopf gestoßen, weil sie mir gleich anschließend erklärten, auf welche Art und Weise ich an diesem Fall mitarbeiten konnte.

Ich war ab sofort nur noch der Kontaktmann, hatte mich zur Verfügung zu halten, jedoch im Hinblick auf meine Beziehung zu Maren kein Anrecht auf Neuigkeiten oder gar Informationen zum weiteren Vorgehen der Polizei. Nachdem das abgeklärt war, durfte ich auch Platz nehmen und dem Neuling, der sich mit dem Allerweltsnamen Schmitz vorstellte, berichten, worüber ich mit Maren – oder sie mit mir – in dem Hotelzimmer gesprochen hatte. Welche Schlußfolgerungen er daraus zog, ging mich nichts an. Er wechselte nur hin und wieder einen bedeutsamen Blick mit Hans Wehrlein. Und der wiederum machte mit Blicken deutlich, daß er nicht ganz mit dieser Maßnahme einverstanden war. Dann wurde ich gefragt, ob ich eine Möglichkeit sähe, von mir aus ein Treffen zu vereinbaren.

Sie wollten sie anscheinend aus dem Haus haben. Leider sah ich keine Möglichkeit. Ich konnte sie wohl kaum bei Godberg anrufen. Also warten und hoffen, daß sie sich meldete.

»Trauen Sie sich zu, die Beziehung so fortzusetzen, daß Frau Koska keinen Verdacht schöpft?«

Nein, verdammt, für was hielten die mich denn? Ich wollte mit der ganzen Sache und vor allem mit Maren nichts mehr zu tun haben. Und ich sollte nicht nur die Beziehung so fortsetzen, als sei alles in bester Ordnung. Ich sollte auch noch versuchen, aus Maren etwas herauszuholen.

Der halbe Vormittag ging für intensive psychologische Beratungen drauf. Auf dem Gebiet war Schmitz ein As, es schien fast, als sei er noch bei dem alten Freud höchstpersönlich in die Lehre gegangen. Jedenfalls bemühte er sich nach Kräften, mir Marens Motivation zu erklären. Das tat er so ruhig und ohne jede erkennbare Emotion, als rede er über einen Film, den er neulich gesehen hatte.

»Die Frau ist eine Schwachstelle, unser einziger Ansatzpunkt. Sie handelt kaum mit dem Einverständnis ihrer Partner.« Dann hielt er mir einen Vortrag über die Egozentrik eines verwöhnten Kindes, das sich von niemandem sein liebstes Spielzeug verbieten oder gar wegnehmen läßt. Ich wurde an diesem Vormittag nicht nur als unzuverlässig eingestuft. Es schmeichelte mir auch nicht gerade, daß man mich mit einem Plüschtier auf eine Stufe stellte.

»Es ist durchaus möglich«, fuhr Schmitz fort, »daß die Frau gar nicht weiß, in welcher Lage sie sich befindet. Solche Leute leben für den Augenblick. Die denken nicht über Konsequenzen nach. Es gibt da mehrere Möglichkeiten. Man wird sie einfach zurücklassen, wenn das Geld übergeben ist. Oder man schafft sie aus der Welt. Das halte ich für wahrscheinlicher. Die beiden Männer sind zwar ebenfalls in Erscheinung getreten, aber bis jetzt nicht zweifelsfrei zu identifizieren. Also wird die Frau letztlich zu einer Gefahr für ihre Komplizen. Und das sollte man ihr klarmachen, sobald sich eine Chance dafür ergibt. Aber vorher müssen wir wissen, wie sie zu ihrem Mann steht. Und er zu ihr.«

Er lächelte dünn, nickte einmal und schaute mich mit einem Blick an, der mir meine Wichtigkeit verdeutlichen sollte.

Schafft sie aus der Welt, dachte ich. Es war so unvorstellbar, so irrational.

»Sie können das natürlich ablehnen«, schloß Schmitz seinen Vortrag. »Wir würden das verstehen.«

Ja! Ja, natürlich, sie würden es verstehen, und ich würde so tun können, als ginge es mich wirklich nichts mehr an. Ich würde zeitweise vielleicht sogar glauben, daß ich reagiert hätte wie jeder normal empfindende Mensch in solch einer Lage reagieren mußte. Entrüstet, voller Ablehnung, Scham und Rückbesinnung auf die bürgerliche Moral. Und wenn ich nicht ablehnte, konnte ich mir und anderen einreden, daß ich nur für Ella Godberg »alle meine Entchen« spielte.

Köpfchen in das Wasser, Schwänzchen in die Höh'.

Nach den letzten Tagen, nach den Schuldgefühlen der letzten Nacht und der Degradierung der allerletzten Stunden, vor allem aber nach der Gewißheit, daß ich letztlich doch wieder in Marens Armen landen würde, daß ich dann vielleicht meinen Mund nicht halten konnte, kam es nicht mehr darauf an, ob ich mir noch eine Zigarre einhandelte. Also erzählte ich Schmitz, was ich in Koskas Keller entdeckt hatte.

Ein hilfloser und vergeblicher Versuch, mich aus der Sache auszuschließen. Mein Alleingang hatte zwar ein Stirnrunzeln zur Folge, sonst jedoch keine Konsequenzen. Den Nachmittag verbrachte ich alleine im Büro. Jochen wurde anderweitig gebraucht. Er traf sich an meiner Stelle mit Alex Godberg.

Seit dem Sonntagmorgen, als ich nach dem kleinen Nahkampf im Golf heimgeschlichen war, hatte ich mich nicht mehr so mies gefühlt. Ich telefonierte ein bißchen in der Gegend herum, rief zu Hause an in dem Bedürfnis, mir von Hanne versichern zu lassen, daß Dienst eben Dienst ist, und wurde von Olli mit den Worten begrüßt: »Nicht so laut, Papa. Mama schläft.«

Und um sie nicht zu stören, hatte Olli sich entschlossen, mit dem Nachmittagsprogramm des Fernsehens vorlieb zu nehmen. Da lief gerade eine wahnsinnig spannende Sendung. Olli gab mir widerwillig Auskünfte. »Kann ich dir doch alles heute abend erzählen, Papa.«

Es war dieser eklatante Widerspruch, der mich einigermaßen zur Vernunft brachte. Und zurück auf den Boden der Tatsachen. Dieses verflucht normale Leben, Frau und Kind und ein Fernsehapparat, in dem wahnsinnig spannende Sendungen geboten wurden. Eine Schießerei unter Gangstern, Mord und Totschlag und jede Menge böse

Buben. Und der einsame Held, der den Weltuntergang verhindert. Reiß dich zusammen, Konni. Frag deinen Sohn nach den bösen Buben.

Aber der kleine Mann war heute nicht beim Kindergarten gewesen. Es war auch sonst kein verdächtiger Mensch dort aufgetaucht. »Willst du noch mehr wissen, Papa?«

Ich legte auf und wartete auf Jochen. Der kam erst kurz nach sechs zurück und mußte gleich hinauf, um dort zu berichten. Als er dann endlich im Büro erschien, wirkte er bedrückt. Mein fragender Blick wurde mit einem Achselzucken beantwortet. »Tut mir leid, aber vielleicht ist es wirklich besser so.«

Natürlich war es besser so. Wer nichts weiß, kann auch nichts ausplaudern und macht sich keine überflüssigen Gedanken. Jochen verließ das Büro zusammen mit mir. Aber während ich Feierabend machte in der Hoffnung, daß mir keine erneute Kontaktaufnahme der Mittäterin bevorstand, stand für ihn noch ein weiterer Einsatz auf dem Plan. Bevor er in den Wagen stieg, zögerte er kurz, schüttelte den Kopf und ließ sich zu einer Prophezeiung hinreißen, die mir dann den ganzen Abend über bitter aufstieß. »Das geht schief.«

Was Jochen damit meinte, erfuhr ich erst viel später. Heute weiß ich so ziemlich alles, was sich abgespielt hat. Der ganze Polizeiapparat – nicht nur der des Erftkreises – arbeitete auf Hochtouren, während ich noch den beleidigten, ausgenutzten und zum Treuebruch praktisch vom Chef persönlich aufgeforderten Beamten spielte.

Jochens Treffen mit Alex Godberg war nicht sehr ergiebig gewesen. Zuerst einmal war Alex merklich enttäuscht, mit Jochen vorliebnehmen zu müssen. Er identifizierte die beiden Männer anhand der Funkbilder und der Fotografien, die Frau Beske gemacht hatte, den in der Lederjacke ebenso wie Rex. Damit stand fest, daß sie sich für Olli interessierten. Und es stand nicht fest, ob Maren ihre Komplizen von Ollis Bedeutungslosigkeit überzeugt hatte. Aber Schmitz, der, ohne groß jemanden um sein Einverständnis zu fragen, die Leitung der Soko übernommen hatte, hielt es für geraten, mir das vorerst zu verschweigen, damit ich ganz unvoreingenommen zum nächsten Treffen mit Maren aufbrechen konnte. Er ließ allerdings die Computer heißlaufen, richtete Anfragen an LKA und BKA, um hinter die Identität des ›Jugoslawen‹ zu kommen.

Sehr viel mehr als diese Identifizierung hatte Jochen nicht erreicht. Alex Godberg, vielmehr dessen Verhalten, machte Jochen stutzig. Er kannte ihn als einen gelassenen Mann, der die Arbeit der Polizei vielleicht nicht ganz ernst und für sich selbst nicht eben bedrohlich nahm. Ein Mann mit Humor, der sich lieber auf sich als auf andere verließ.

Später sagte Jochen: »Mir fiel gleich sein Blick auf. Und ich habe es Schmitz auch gesagt. Der Mann ist fix und fertig. Solange er auf sich allein gestellt war, hat er sich aufrecht gehalten. Als er dann zu glauben begann, daß wir ihm vielleicht wirklich helfen konnten, klappte er zusammen. Und wenn es mir auffiel, hat die Tussi es auch bemerkt. Die war schließlich den ganzen Tag mit ihm zusammen.«

Jochen hatte leider recht.

Er erfuhr in der knappen Stunde, die er mit Alex verbrachte, einige unwichtige Details des Tagesablaufs im Hause Godberg. Die Farce eines Familienlebens, abwesende Mutter wird durch liebe Tante vertreten. Außerdem klügelte Jochen mit Alex ein System aus, das es dem erlaubte, uns zu informieren, wenn sich etwas für die Polizei Wissenswertes ergab.

Im Grunde eine einfache Sache. Das Telefon in Godbergs Haus war einer von diesen neuen Apparaten mit Gebührenspeicher und Wahlwiederholung. Der Speicher konnte jederzeit zurückgestellt werden. Maren tat das regelmäßig, wenn sie von diesem Apparat aus gesprochen hatte. Die zuvor eingegebene Nummer jedoch erschien wieder, wenn man eine bestimmte Taste drückte.

Anscheinend telefonierte Maren häufig. Und um zu verhindern, daß Godberg die Nummern später ablas, wählte Maren nach ihren Gesprächen einfach die Null. Alex konnte das ebenso machen, mußte dazu nur einen günstigen Zeitpunkt abwarten. Abends zum Beispiel, wenn Maren den kleinen Sven ins Bett brachte. Das tat sie regelmäßig. Es machte ihr offensichtlich Spaß, sich mit dem verängstigten Kind zu beschäftigen. Sie blieb sogar noch eine Weile neben seinem Bett und erzählte ihm von seiner Mutter.

Natürlich blieb ein Restrisiko, weil Maren zu allen möglichen und unmöglichen Zeiten angerufen wurde. Eine besetzte Leitung forderte Erklärungen, die Alex nicht so ohne weiteres bieten konnte. Aber da gab es eine Möglichkeit.

Alex war mit seinen Lagerbeständen am Ende. Alles, was einigermaßen von Wert war oder auch nur danach aussah, war verkauft. Er hatte sich ein wenig verkalkuliert, hatte nicht immer die Summen erzielt, die er gefordert hatte. Und es fehlte noch eine Viertelmillion. Um die aufzutreiben, hatte er bereits einiges unternommen, telefonisch. Maren stand neben ihm und hörte mit. Und er durfte nur telefonieren, wenn sie neben ihm stand. Leider hatte er bisher keinen Erfolg gehabt.

Ob die Polizei vielleicht auch in dieser Hinsicht helfen könne? Keine Frage, eher der Vorschlag eines Mannes, der sich nicht mehr zu helfen wußte. Als ich davon hörte, mußte ich lachen. Eine Viertelmillion Mark. Darüber haben sie wohl die halbe Nacht diskutiert. Woher nehmen? Von den Politikern hört man doch immer nur, daß die Kassen leer sind. Außerdem sind solche Leute meist der Meinung, daß man einer Erpressung auf keinen Fall nachgeben darf. Wo kommen wir denn hin, wenn wir dem Verbrechen auf diese Weise Vorschub leisten?

Zuerst in die Pathologie und dann auf den Friedhof!

Sie haben das Geld aufgetrieben, geborgt. Sie haben es sogar zurückgeben können. Aber alles schön der Reihe nach. Was Jochen an dem Donnerstagabend zu seiner düsteren Prophezeiung auf dem Parkplatz veranlaßte, war die Tatsache, daß sie erst einmal nicht wußten, wo sie es auftreiben sollten. Daß sie sich daraufhin zu einer spontanen Aktion entschlossen, um die Sache voranzutreiben oder radikal zum Ende zu bringen.

Großeinsatz auf Koskas Grundstück, zwischen drei und vier Uhr in der Nacht. Und ich hatte Alex versprochen, daß die Polizei nichts tun würde, was das Leben seiner Frau gefährdete. War wirklich besser, daß sie mich ausgeschlossen hatten. Ich hätte bestimmt nicht schlafen können, wenn ich davon gewußt hätte.

Ich schlief auch so nicht sonderlich gut.

Hanne wunderte sich, daß ich schon so früh heimkam. Es war ja nicht einmal sieben. Sie brachte das Abendessen auf den Tisch, hielt sich zurück, obwohl ich die Fragen an ihrem Gesicht ablesen konnte. Habt ihr schon etwas erreicht?

Nach dem Essen saß ich noch eine halbe Stunde mit Olli auf der Couch und ließ mir von dem gräßlichen Mädchen berichten, das neu in seine Gruppe gekommen war. Ein fürchterliches Wesen, das kleinen Jungs den allerletzten Nerv tötete. Olli hatte Sehnsucht nach seinem Freund, er fühlte sich alleingelassen und verraten. »Wenn ihr den Rex einsperrt, Papa, und die böse Frau auch, dann kann Sven doch wieder in den Kindergarten kommen. Dann können wir auch wieder nachmittags spielen. Wann sperrt ihr die denn ein?«

Als er dann endlich in seinem Bett lag, sprach ich mit Hanne über meine besondere Verwendung in diesem Fall. Ich fand, das war ich ihr schuldig. Es ging sie genauso an wie mich. Und wenn sie Einspruch erhob . . .

Aber Hanne schwieg, hörte mir mit unbewegter Miene zu, ließ sich zweimal Feuer für eine Zigarette geben und fummelte an ihren Fingernägeln herum.

»Warum sagst du nichts?«

Hanne zuckte mit den Achseln, ein Ausdruck von Unsicherheit und Ablehnung huschte über ihr Gesicht. Dann hob sie den Kopf und schaute mich an. »Was soll ich denn sagen? Du mußt es ja nicht tun. Sie haben dir gesagt, du kannst ablehnen. Aber warum solltest du ablehnen?«

Jetzt kam die Andeutung eines leicht geringschätzigen Lächelns. »Du hast dich schon mit ihr getroffen, als Ella noch gar nicht zur Debatte stand. Und wenn das eine mit dem anderen nichts zu tun hätte, würdest du gar nicht darüber nachdenken. Du würdest einfach zu ihr fahren, wenn sie dich anruft. Hab' ich recht?«

»Nein«, sagte ich.

Hanne stampfte mit dem Fuß auf. »Doch! Du würdest. Ich geb' nicht viel auf das, was andere Leute sagen, aber in dem Punkt hat deine Mutter recht. Wenn dieses Weib in deine Nähe kommt, sind alle guten Vorsätze beim Teufel. Jetzt könnte ich dich fragen, was sie so Besonderes an sich hat, aber ich will es gar nicht wissen. Und ich will auch keine billigen Entschuldigungen. Tu, was du für richtig hältst, und verschone mich mit deinen Privateinsätzen. Wir reden nicht darüber, einverstanden? Und du brauchst mir gegenüber kein schlechtes Gewissen zu haben. Wenn es dir lieber ist, kann ich für ein paar Tage zu meiner Mutter fahren.«

Beim letzten Wort schaltete Hanne den Fernseher ein. Ich sagte noch: »Es ist mir nicht lieber.« Dann war jeder für sich allein. Wir gingen früh ins Bett, und die halbe Nacht lang wälzte ich mich von einer Seite auf die andere. Obwohl ich auch in der Nacht zuvor kaum geschlafen hatte, kam ich nicht zur Ruhe. Sobald ich einen Ansatz fand, dieses erste leichte Eindösen, fuhr mir Jochens letzter Satz wie ein Stromschlag durch sämtliche Glieder, und ich war auf der Stelle wieder hellwach.

»Das geht schief!«

Was Jochen damit gemeint hatte, konnte ich nur vermuten, aber bei uns war es bereits schiefgegangen. Beim Frühstück sprachen wir keine drei Sätze miteinander. Sogar Olli bemerkte, daß etwas nicht in Ordnung war. Auf seine naiv unbeholfene Art versuchte er, zwischen uns zu vermitteln, immer in dem Glauben, wir hätten uns wegen einem seiner Streiche gestritten, was hin und wieder schon vorgekommen war.

Als ich vom Tisch aufstand, erkundigte er sich in ängstlichem Ton: »Kommst du heute auch früher, Papa?« Ebensogut hätte er fragen können, ob ich überhaupt noch mal heimkomme.

»Kann sein«, sagte ich und knuffte ihn in die Rippen, was ihn augenblicklich zu einem befreiten Grinsen veranlaßte. »Und wenn es später wird, sag' ich dir auf jeden Fall noch gute Nacht.«

Der erste Rapport am Freitag morgen: Nein, Frau Koska hat sich noch nicht wieder mit mir in Verbindung gesetzt. Daraufhin wurde das letzte Treffen vom Sonntag noch einmal bis ins kleinste Detail analysiert. Die intimen Stellen durfte ich auslassen. Nur Dialoge bitte! Da war nichts Auffälliges, bis auf den einen Satz selbstverständlich. »Läßt deine Familie mich aus dem Spiel?«

Sie waren nervös, Schmitz ebenso wie unser Chef. Nur Hans Wehrlein saß da wie der sprichwörtliche Fels in der Brandung. Er fühlte sich dann auch verpflichtet, mir von den Ergebnissen der letzten Nacht zu berichten. Ein kleines Lob für die gute Nase am Rande. Aber jetzt waren die Vögel mitsamt ihrem Opfer ausgeflogen. Nach Ansicht der Leute von der Spurensicherung anscheinend schon seit gut einer Woche.

So etwas ermittelt man anhand der übrig gebliebenen Lebensmittel. Sie hatten einiges sichergestellt, Fingerabdrücke, von denen kein Mensch sagen konnte, wer sie wann hinterlassen hatte. Vergammelte, angebissene belegte Brote, die sie in einem unter Bauschutt deponierten Müllbeutel auf dem Gelände gefunden hatten. Vielleicht noch tauglich für eine Speichelprobe und damit zur Feststellung der Blutgruppe von Täter oder Opfer. Die Krümel aus dem Keller, ein paar hauchfeine Glassplitter von der gleichen Stelle, mit bloßem Auge praktisch nicht zu erkennen, vermutlich Überreste eines zerschellten Trinkglases. Eine Menge Staubflusen, in denen man Fasern von Kleidung vermuten konnte, eventuell sogar Kopfhaare. Ein kleines unbeschriftetes Fläschchen mit Tropfvorrichtung, das vermutlich ein Medikament enthalten hatte.

Indem er mir das alles aufzählte, gab Hans Wehrlein mir das Gefühl, daß ich doch nicht so ganz vor der Tür stand. Ein bißchen Psychologie für den Hausgebrauch. Laß den reden, dem er vertraut. Der wickelt ihn dann am leichtesten um den Finger und holt am schnellsten raus, was wir brauchen.

Wehrlein grinste mich an, ein bißchen wehmütig und enttäuscht. »Da sind wir nun leider zu spät gekommen. Aber wenn sie sich einmal an einem Ort verkrochen haben, auf den ein Eingeweihter früher oder später kommen mußte, machen sie den Fehler vielleicht noch mal.«

Eingeweihter, ob das ein Kompliment oder eine Diskriminierung sein sollte, ließ sich nicht feststellen.

»Wenn dir in der Richtung was einfällt . . .«

So auf Anhieb nicht. Oder doch, da klingelte etwas. Immobilien! Makler hatten Zugang zu leerstehenden Wohnungen, Häusern und allen anderen Objekten, die sie an den Mann bringen sollten. Maren war als Immobilienmaklerin tätig. Leider nicht hier in der Nähe. Doch da oben bewegte Rex sich in vertrauten Gefilden. In gut vier Stunden war man von hier bis Hamburg, mit Ella Godberg im Kofferraum. Dann ein kleines, vielleicht einsam liegendes Häuschen, was wollte der Mensch mehr.

Beim einsam liegenden Häuschen schrillte gleich eine Alarmglocke los. Maren und der dicke Müller trafen eine Verabredung für das Wochenende. »Mein Vater hat ein kleines Haus in der Eifel. In der Nähe von Nideggen.«

Reden oder schweigen? Ich muß zugeben, nach dem Eingeständnis des Großeinsatzes der letzten Nacht hatte ich nicht mehr sehr viel Vertrauen. Ich mußte nicht einmal versuchen, mich in die Lage von Alex Godberg zu versetzen. Mir brach auch so der kalte Schweiß aus. Zwar hatte ich selbst einmal an so einen Einsatz gedacht, aber nicht mit Scheinwerfern, Flüstertüten und dergleichen. Warum waren sie nicht gleich am hellen Tag angerückt? War weniger auffällig als solch ein Theater bei Nacht in dieser stillen Gegend.

Mit Wehrlein hätte ich auf der Stelle über das Wochenendhaus gesprochen, aber nicht mit Schmitz, dem für solche Fälle geschulten Spezialisten. Auch denen gingen mal die Pferde durch, das hatte er letzte Nacht bewiesen.

Wehrlein sah an meinem Blick, daß etwas vorging. Er schaute zu Schmitz hinüber und nickte. »Setzen wir uns mit Hamburg in Verbindung. Die sollen die Unterlagen der Dame auf geeignete Objekte überprüfen.«

Schmitz nickte ebenfalls, wenn auch nur widerwillig,

wie mir schien. Es sah so aus, als würde jetzt Hans Wehrlein die Soko leiten. Mein Vertrauen in die Arbeit der Kollegen stieg wie der Phönix aus der Asche.

Ich war entlassen. Als ich zur Tür ging, wies Schmitz mich noch darauf hin, daß ich den nächsten Anruf von Frau Koska bitte umgehend und so weiter. Beinahe hätte ich mir an die Stirn getippt.

Ungefähr zwei Stunden später kam Wehrlein zu mir ins Büro. Es ging auf zwölf zu, und er wollte einfach nur wissen, ob ich nicht auch hungrig sei. »Ich mach' jetzt Mittagspause.«

Die machte ich dann auch. Wir gingen in ein kleines Lokal.

»Wo ist Jochen eigentlich?« fragte ich, als wir uns endlich gegenübersaßen.

»Den hab' ich heimgeschickt. Er brauchte eine Mütze voll Schlaf.«

Dann sprachen wir über Schmitz und die Tatsache, daß er mit all seiner Psychologie den Bluthund nicht ganz verleugnen konnte. Wehrlein ließ sich Zeit, kam erst nach seiner Gulaschsuppe zum Kernpunkt. Die Verdauungszigarette zwischen den Fingern, entspannt zurückgelehnt. Die halbe Stunde Abschalten und Atemholen war vorbei. Keine Aufforderung, nur ein Blick.

»Keine große Aktion«, begann ich, »ein oder zwei Leute höchstens. Und die auch nur als Spaziergänger. Oder sollen sie Godberg erst den Kopf seiner Frau bringen?«

Wehrlein nickte nur, was sich bestimmt nicht auf meine letzte Frage bezog. »Wo sollen sie denn spazierengehen?«

Wenn ich es nur genau gewußt hätte. Aber ich war nie in das Wochenendhaus des alten Koska eingeladen worden. Und den dicken Müller danach zu fragen, war ein Unding. Aber wozu gab es Ämter? Manchmal ist Gründlichkeit schon ein Segen. Als wir zurückgingen, war mir etwas wohler.

»In spätestens einer Stunde«, sagte Hans Wehrlein, »weiß ich, wo das Haus ist. Ich schicke Scholl und Frau Beske hin, oder hast du was dagegen?«

Das hatte ich nicht. Wehrlein legte mir noch kurz die Hand auf den Arm, bevor wir zurückgingen. »Ich kann mir denken, wie dir zumute ist. Man sitzt wie auf heißen Kohlen.«

Es war nur ein kleiner Versuch, ähnlich unbeholfen wie der von Olli am Morgen, und er wirkte auch so ähnlich. Der Druck auf den Schultern ließ nach. »Ich bin schon in Ordnung«, sagte ich und fühlte mich auch so.

Am frühen Nachmittag meldete Jochen sich zurück. Er kam kurz zu mir ins Büro. Grinste, als er mich am Schreibtisch sitzen sah, schloß die Tür hinter sich. »Gibt's was Neues?«

»Keine Ahnung.«

Jochen räusperte sich und kam näher an den Schreibtisch heran. »Haben sie schon mit dir gesprochen?«

»Worüber?«

Er preßte kurz die Lippen aufeinander, antwortete dann jedoch: »Über die Bedingung, die Godberg gestellt hat.«

Ich erfuhr in knappen Worten von dem noch fehlenden Geld und den Bemühungen der Soko, für Alex den Kreditgeber zu machen. »Wenn alles klappt«, sagte Jochen, »haben wir die Möglichkeit, ihn jederzeit anrufen zu können. Er selbst kann ebenfalls telefonieren, auch wenn sie neben ihm steht. Wir haben ein paar harmlose Formulierungen vereinbart.«

Jochen lächelte müde. »Er will einen zuverlässigen Mann am Ende der Leitung, hat er mir gesagt.«

Ein langer Seufzer, Jochen lächelte wieder. »Er will, daß du das übernimmst. Ich dachte, sie hätten es dir längst gesagt.« Und da sie das nicht getan hatten, konnte ich davon ausgehen, daß sie nicht damit einverstanden oder sich über den Punkt noch nicht einig waren.

»Noch haben sie das Geld nicht«, erklärte Jochen, bevor er ging, um seine Arbeit zu tun. Ich blieb noch bis fünf im Büro, blieb da einfach sitzen und wartete, daß mich jemand hinaufholte, um mir Alex' Bedingung zu unterbreiten. Im ganzen Haus herrschte spürbare Unruhe. Aus allen Abteilungen waren Leute abgezogen worden, fast alles konzentrierte sich nur noch auf diese eine Sache. Und ich wartete. Und kurz vor fünf klingelte das Telefon auf meinem Schreibtisch.

Es war Maren.

Später bildet man sich immer ein, man hätte dies oder jenes gedacht. So versuche ich zu glauben, ich hätte mir während der ganzen Fahrt, immerhin fast dreiviertel Stunde, eingeredet, ich sei nicht unterwegs, um mit Maren zu schlafen.

Irgendwie lächerlich, geschlafen habe ich in all den Jahren nicht mit ihr, nicht ein einziges Mal. Es ging doch immer nur um das Eine. Aber das mit einem anderen Ausdruck zu belegen, schaffe ich nicht. Das war schon früher so, ist vielleicht eine reine Erziehungssache. Meine Mutter hat sich immer große Mühe gegeben, den Straßenjargon, wie sie das nannte, von uns fernzuhalten. Und wir haben uns große Mühe gegeben, dem Bild eines normalen Durchschnittsbürgers zu entsprechen, meine Brüder und ich. Nur nicht aus der Reihe tanzen, ein einfaches, aber ordentliches Leben, nur ein paar winzige Dellen im Lack, doch die Sprache immer geschliffen. Keine schmutzigen Worte, nicht einmal zu solchen Gelegenheiten.

Die Wahrheit ist, daß ich während der dreiviertel

Stunde Fahrt überhaupt nicht dachte. Nicht an Ella Godberg, nicht an Hanne, ganz bestimmt nicht an die Soko oder den Auftrag, so weiterzumachen wie vorher.

Statt dessen sah ich Bilder, aufregende, erregende Bilder. Ein kleiner Teil von mir war überzeugt, daß diese Bilder der Vergangenheit angehörten. Marens nackter Körper, vollendete Formen, Gier und Raserei. Dieser kleine Teil war auch überzeugt, daß sich nichts rühren würde. Ich hielt mich doch für einen gesitteten Menschen. Und ein gesitteter Mensch schiebt weder seine Finger noch sonst etwas in eine Frau, von der er genau weiß, daß sie ihre Finger mitten in einer verdammt dreckigen und brutalen Geschichte hat.

Aber es kam, wie es immer kam. Ordnung, Gesetz, Sitte und Moral huschten zu den Ohren hinaus, verkrochen sich unter dem Läufer, der zwischen Bett und Tisch im Hotelzimmer lag, verschwanden zwischen den Laken und Decken, gurgelten mit dem Wasser der Dusche den Abfluß hinunter. Noch einmal zum Abschied, vielleicht war es das.

Das erdrückende Bewußtsein der Wahrheit und der Endgültigkeit. Das Verlangen, Maren irgendwie und irgendwo in Sicherheit zu bringen, unerreichbar für den langen Arm des Gesetzes, unerreichbar auch für Männer wie Rex und den Jugoslawen. Der Beschützerinstinkt, das Bedürfnis, etwas Reines zu bewahren.

Sex hat immer etwas Reines. Er verwischt die Unterschiede, macht alle Menschen gleich, macht sie wieder zu Kindern, die nichts weiter wollen als ihren Vorteil, in aller Unschuld. Und Maren war reiner Sex.

Schon als ich das Zimmer betrat, rückten sich in meinem Hirn die Dinge in eine andere Position. Maren lag auf dem Bett, und es war eben Maren, die da auf dem Bett lag. Nicht irgendein verkommenes, sadistisches Weibsstück, das sich an den Qualen anderer Geschöpfe ergötzen konnte. Es war ausschließlich Maren, die Sinnlichkeit in Person. Vollkommen bekleidet, nur die Schuhe standen auf dem Fußboden. Ein erwartungsvolles und zufriedenes Lächeln auf dem Gesicht, die unvermeidliche Zigarette in der Hand.

»Hallo, Konni.«

Ich mußte nicht schauspielern, mußte mich zu nichts zwingen, war ein bißchen überrumpelt und sehr glücklich. Glücklich vor allem deshalb, weil mich ihr bloßer Anblick den ganzen Dreck vergessen ließ. Ich konnte gar nicht tief genug in sie hineinkommen. Und mit jedem Millimeter tiefer rutschte ich ein Stückchen weiter in die Vergangenheit zurück. Neun Jahre, zwanzig Jahre. Alles noch so voller Ungeduld und Entdeckerfreude, jedes lustvolle Aufbäumen, jeder Seufzer, jedes zitternd gestöhnte: »Ja, Konni«, und das nachfolgende langgezogene »Jetzt«, hatten ein wenig vom Flair des Einzigartigen.

Daneben verloren eine halbtote Katze und ein komplizierter Armbruch ihre Bedeutung. Man kann das vergessen, man kann es wirklich so weit von sich wegschieben, daß es fast nicht mehr wahr ist. Vielleicht gelingt es nur, wenn man dabei auf einer Maren Koska liegt. Aber dann gelingt es immer.

Auf dem Bett im Hotelzimmer gab es nur eine Wahrheit, daß der alte Koska niemals den Scharfrichter hätte spielen dürfen. Das Schwert zwischen zwei Körper schlagen, die doch nur eines wollten, Liebe in ihrer urtümlichsten Form.

Irgendwann klangen wieder Stimmen auf, ziemlich leise zu Anfang, sich durch den Lärm kämpfend, den der Herzschlag verursachte. »Trauen Sie sich zu . . .«

Ich hatte meine Sache gut gemacht und nicht einmal sehr viel dazu beitragen müssen. Maren lag mit entspanntem Gesichtsausdruck auf dem Laken, einen Arm quer über meine Brust gelegt, in der anderen Hand eine Zigarette. Den kleinen Aschenbecher hatte sie auf meinem Nabel deponiert.

»... Und versuchen Sie etwas in Erfahrung zu bringen.«

Konni hatte sich austoben dürfen, jetzt meldete sich der Verstand zu Wort und mit ihm ein quälendes Gefühl von Scham. Frag sie was, irgendwas! Natürlich unverfänglich, harmlos, nur keinen Fehler machen, keinen falschen Satz, der sie mißtrauisch machen könnte. »Wie lange wirst du noch hier unten sein?«

Das war harmlos. Das war die Frage eines Mannes, der sein Glück bereits wieder schwinden sieht. Maren drehte mir das Gesicht zu, ein langer, undefinierbarer Blick, ein winziges, wehmütiges Lächeln und Schweigen.

»Ich frage nur«, sagte ich, »weil ich wissen möchte, wie lange ich meiner Frau noch Überstunden servieren muß.«

Sie zog den Arm von meiner Brust zurück. Ich wartete auf ein Grinsen, auf eine spöttische Bemerkung über »meine Frau«. Marens Hand mit der Zigarette schwebte über meinem Bauch, senkte sich, verfehlte den Aschenbecher um zwei Millimeter. Die Glut strich schmerzhaft über die Haut, versengte ein paar von den feinen Härchen. Maren lächelte immer noch wehmütig, richtete sich ein wenig auf. Sie stützte den Oberkörper mit dem Ellbogen, schaute auf mich herunter.

»Ich weiß nicht genau, wie lange wir noch hier sind. Das hängt nicht von uns ab.«

»Von wem denn?«

Jetzt grinste sie endlich, ganz flüchtig nur und sehr überheblich. »Von Alex, aber das weißt du doch. Er hat dir doch gesagt, daß er das Geld noch nicht beisammen hat.«

Maren lachte, so leicht und hell und widerlich böse. »Der Mann hat einfach keine Nerven. Tagelang kriecht er durch das Haus wie ein Duckmäuser. Gnädige Frau hinten, gnädige Frau vorne, zwanzigmal die Stunde bietet er mir Kaffee an, hat das Feuerzeug in der Hand, noch bevor ich daran denke, mir eine Zigarette anzuzünden. Und plötzlich muckt er auf, wird richtig energisch und ein bißchen zu laut. Rex war der gleichen Meinung wie ich, daß nämlich unser guter Alex sich unerwartet mit tatkräftiger Hilfe konfrontiert sah.«

Der spöttische Ton schlug unvermittelt um, wurde klirrend wie Eiswürfel in einem Glas. »Ich hätte ihm mehr Verstand zugetraut. Wir werden ihn noch einmal eindringlich darauf hinweisen müssen, daß ihm ein Begräbnis ins Haus steht, wenn er sich nicht an die Spielregeln hält. Das kannst du auch deinen Freunden ausrichten.«

Plötzlich kam ich mir vor wie ein Computer, der nur ein bestimmtes Programm abspielen konnte. Darauf jedenfalls war ich nicht vorbereitet. Ein Kurzschluß im Gerät. Bevor mir klar wurde, was ich anrichtete, hatte ich bereits ausgeholt und ihr mit aller Kraft ins Gesicht geschlagen. Auf ihrer Wange zeichneten sich augenblicklich die Abdrücke meiner Finger ab. Marens Grinsen war erloschen, ihr Gesicht mit einem Mal nackt und so kalt wie die Stimme. Sie schwang die Beine aus dem Bett und blieb noch einen Moment lang auf der Kante sitzen, schaute über die Schulter auf mich herunter.

»Das paßt aber gar nicht zu dir, Konni. Das solltest du denen überlassen, die etwas davon verstehen.«

Sie stand auf, reckte sich und ging so wie sie war zum Fenster. Vom Bett aus betrachtete ich ihren Rücken, den Strang der einzelnen Wirbel.

»Laßt den Mann in Ruhe«, brachte ich endlich hervor, nachdem ich mich zweimal geräuspert hatte. »Vor allem, laßt die Frau in Ruhe. Alex hat sich in jedem Punkt an eure Bedingungen gehalten. Er hat uns nicht auf den Plan gerufen. Wir waren schon vorher drauf. Aber er will nicht, daß wir uns in diese Sache einmischen, das müssen wir akzeptieren.«

Maren lachte nur einmal leise auf, ansonsten ging sie nicht weiter auf meine Erklärung ein. Als sie dann nach einer Weile wieder zu sprechen begann, klang ihre Stimme so, wie ich sie seit langen Jahren kannte. Ein bißchen heiser und erregend selbst bei einfachen Aussagen wie einem Satz über das Wetter.

»Hör zu, Konni, mir persönlich ist es scheißegal, was Alex will oder was die Polizei will. Ich finde es nur fair dir gegenüber, mit offenen Karten zu spielen. Daß du darauf heftig reagierst, kann ich verkraften. Man sollte von einem Bullen nicht zuviel erwarten.«

Die Zigarette hielt sie immer noch in der Hand, diesen winzigen Rest von Glut über dem Filterstück. Sie nahm noch einen Zug, drückte sie auf der Fensterbank aus, sprach langsam weiter: »Vielleicht können wir beide uns irgendwie arrangieren. Das hier«, und jetzt tippte sie mit einem Finger auf die Fensterbank, direkt neben das zerquetschte Filterstück. »Das hier geht nur uns beide etwas an. Und solange ich noch hier bin, nehme ich, was ich kriegen kann.«

Endlich drehte sie sich wieder um, ihr Gesicht erschien mir ehrlich, aufrichtig. Aber auf meine Eindrücke in dieser Hinsicht wollte ich nicht mehr allzuviel geben.

»Rex war nicht sonderlich begeistert, als er erfuhr, daß ich dich hin und wieder treffe, während er in der Gegend herumkutschiert. Aber er weiß, daß er mich nicht daran hindern kann und hat keine Ahnung, was du beruflich machst.«

Noch so ein Lachen, billig und verlegen. »Er wird es auch nicht erfahren. Wenn alles läuft wie geplant, sehe ich keinen Grund, dich in die Pfanne zu hauen.«

Es klang nach Omelett oder Spiegeleiern. Und ich lag immer noch auf dem Bett, rieb mit dem linken Daumen vorsichtig über die rote Stelle neben dem Nabel, betrachtete die rechte Hand, deren Innenseite sich von dem Schlag ebenso gerötet hatte wie Marens Wange.

»Wenn du nicht mehr willst«, sagte sie, »auch gut. Ich kann das verstehen – doch, wirklich.« Ihre Lippen zuckten spöttisch. »Es vereinbart sich nicht mit deinem Weltbild. Von meiner Seite aus kann es so weitergehen, einmal, vielleicht noch zweimal. Wir reden nicht darüber, wir reden ja auch sonst nicht viel. Keine Sorge, ich will gar nicht von dir wissen, womit deine Kollegen sich zur Zeit beschäftigen. Sie können nicht viel machen, wir bestimmen, wo es lang geht. Ebenso wirst du von mir nicht erfahren, welche Pläne wir für die Zukunft haben, versuch es also gar nicht erst.«

Sie kam langsam wieder zum Bett zurück, ging daneben in die Knie, griff nach meiner rechten Hand und drückte die Lippen in den Handteller. Dann schaute sie mich an. »Ich hab' es dir schon mal gesagt, Konni, ich wiederhole es noch einmal. Ich bin verrückt nach dir. Seit einer Stunde nehme ich bereits ein Risiko in Kauf. Ich weiß nicht, wie das bei dir ist. Aber im Grunde gehst du doch kein Risiko ein. Dich drückt kein Mensch mit dem Kopf ins Klobecken.«

Ich entzog ihr meine Hand, setzte mich aufrecht hin.

»Drückt er dich mit dem Kopf ins Klobecken?«

Maren zuckte mit den Achseln, grinste fröhlich. »Dafür hat er seine Leute. Er zieht nur die Spülung ab. Aber das ist nicht dein Problem.«

»Du bist verrückt«, sagte ich, und sie nickte, immer noch so fröhlich. »Natürlich, ich bin verrückt genug, dich zu fragen, ob es noch Sinn hat, dich wieder anzurufen.«

»Versuch es doch einfach«, sagte ich.

»Versprichst du mir, daß du alleine kommst?«

Ich glaube, ich schaffte es sogar, zu grinsen. »Wen

sollte ich mitbringen? Mir liegt nichts an Zuschauern. Das warst immer du, die so etwas besonders anregend fand.«

Als ich kurz darauf das Hotelzimmer verließ, war ich überzeugt, daß ich nicht mehr hätte tun können. Maren stand am Fenster, drehte sich nicht um und schwieg. Sie hatte sich ein Handtuch um die Hüften geschlungen. Das letzte, was ich von ihr sah, war der makellose Rücken, die Schultern unter dem weißblonden Haar, die beiden Hände auf der Fensterbank und die schlanken Beine unter dem Handtuch.

Auf dem Rückweg fiel mir ein, daß ich versäumt hatte, mit ihr über die Möglichkeit zu reden, die Schmitz in Erwägung zog. Aber das konnte ich auch beim nächsten Mal noch tun. Nicht ihr ins Gewissen reden, damit kam man bei Maren nie zum Ziel. Sie einfach nur warnen, mit genau den Worten, die Schmitz gebraucht hatte.

Aber die Gedanken an Maren verloren sich schon nach wenigen Minuten Fahrt. Alex und Ella Godberg schoben sich in den Vordergrund, begleitet von dem würgenden Gefühl aufsteigender Panik. Ich fuhr, so schnell es der Verkehr auf der Autobahn zuließ. Es war neun vorbei, als ich zurück ins Präsidium kam. Und gleich hinauf ins Büro des Chefs, wo anscheinend die Fäden zusammenliefen. Bisher jedenfalls war der Sonderkommission kein eigener Raum zugewiesen worden. Oder man hatte mich nicht darüber informiert.

Das Büro war bereits verschlossen und leer, auf dem Korridor traf ich mit einem jungen Beamten zusammen, der mich an Wehrlein verwies. »Vor einer halben Stunde war er noch in seinem Büro.«

Dort war er immer noch, wartete auf mich, auf Scholl und Frau Beske, auf ein halbes Dutzend anderer, auf

Berichte, Ergebnisse, auf alles und nichts. Mit seiner Ruhe und seiner Erfahrung war er wahrscheinlich der beste Mann, den man auf solch einen Platz stellen konnte. Zu beneiden war er nicht.

Er hörte mir eine Weile schweigend zu, ließ nicht erkennen, wie er über Marens Äußerungen dachte. Erst als ich zum Ende kam, biß er sich auf die Lippe, schüttelte den Kopf, murmelte: »Ich hätte ihm mehr Verstand zugetraut.« Damit war Alex Godberg gemeint. Selbstbeherrschung wäre treffender gewesen, fand ich.

»Die Frage ist jetzt«, murmelte Wehrlein wie im Selbstgespräch weiter, »ob man sich auf dieses Weib verlassen kann. Jetzt wissen wir jedenfalls, woran wir sind. Und mit Godberg müssen wir noch vorsichtiger sein.«

Dann war die Reihe zu berichten an ihm. Knapp und sachlich erklärte er mir, was sich in den letzten Stunden ereignet hatte. Jochen hatte den Posten bei Godbergs Nachbarn bezogen. Gegen vier meldete er, daß Maren mit Godbergs Auto abfuhr. Gleich darauf rief Alex an. Im Grunde nur ein Test, ob das von Jochen vorgeschlagene System auch funktionierte. Ein hastig vorgebrachter Satz: »Sie ist gerade angerufen worden, hat dann selbst noch telefoniert, jetzt ist sie weg.« Und gleich wieder aufgelegt.

Jochen wartete eine Viertelstunde, eine Vertretung für Maren tauchte nicht auf. Jochen griff erneut zum Telefon und schlug einen Abstecher zu Godbergs Haus vor. Vielleicht konnte man Marens Abwesenheit nutzen, um dies und das und jenes . . .

Aber das hielten Wehrlein und Schmitz für zu riskant. Man durfte das Kind nicht vergessen. Der kleine Sven würde unter aller Garantie bei Marens Rückkehr brühwarm berichten.

Dann kam die Nachricht, daß ein roter Golf ohne Kennzeichen in einem Parkhaus der Kölner Innenstadt stand. »Ich halte jede Wette, das ist unser Auto«, sagte Wehrlein. »Die Frage ist nur, wie lange es da schon steht.«

Ich hob flüchtig die Achseln, und dann schwiegen wir beide minutenlang. Da war eine Äußerung von Maren. Ich versuchte mir den genauen Wortlaut unserer Auseinandersetzung ins Gedächtnis zu rufen. Es war Wehrlein, der erneut zu sprechen begann. Mit einem langen Seufzer leitete er die Mitteilung ein: »Das Wochenendhaus in der Eifel existiert wahrscheinlich nicht mehr. Koska sollte vor rund zehn Jahren ein paar Veränderungen daran vornehmen. Irgendeine baupolizeiliche Auflage. Er lehnte das ab, dann wurde das Haus anscheinend abgerissen. Aber das Grundstück ist immer noch auf seinen Namen eingetragen. Wir werden sicher bald mehr wissen.«

Jetzt fiel es mir wieder ein. »Die sind weder in einem Haus noch auf einem Grundstück«, sagte ich. »Die kutschieren in der Gegend herum, genau so drückte sie es aus.«

Wehrlein schaute mich für den Bruchteil einer Sekunde entgeistert an. Er faßte sich wieder. »Das halte ich aber für sehr unwahrscheinlich. Bedenk mal das Risiko. Man fährt nicht tagelang mit einer Geisel spazieren. Die bringt man an einen sicheren Ort, und . . .«

Er hatte vermutlich recht, und Maren hatte auch nur von Rex gesprochen. Das konnte bedeuten, daß Ella Godberg mit dem Jugoslawen alleine war. Irgendwo. Man darf in solch einer Situation gar nicht erst damit beginnen, über das Opfer nachzudenken. Natürlich denkt man unentwegt daran, aber man darf sich nicht in Spekulationen und den Vorstellungen von Angst, Bedrohung und Qualen ergehen. Tut man es, verliert man augenblicklich den Boden unter den Füßen.

Eine halbe Stunde später trafen Frau Beske und Scholl ein. Ihr Bericht beschränkte sich auf eine Fichtenschonung, einen gepflegten Wanderweg, ein paar Markierungen, aus denen die Größe des Grundstücks ersichtlich war. »Es wäre auch zu schön gewesen«, meinte Wehrlein. »Wahrscheinlich sind die wirklich in Hamburg. Warum auch nicht? Vier Stunden Fahrt und freie Auswahl unter gut dreißig Objekten, von der Hundehütte bis zur Nobelvilla, die Dame vertritt so gut wie alles.«

Wir waren alle deprimiert, kauten alle Wenn und Aber durch, zählten die Fakten an drei Fingern ab. Mehr als drei Finger brauchte man nicht. Um zehn kam Schmitz, er hatte irgendwo im Haus geschlafen, übernahm jetzt die Nachtwache. Ich ging zusammen mit Wehrlein hinaus. Bevor wir uns verabschiedeten, streifte er mich mit einem langen Seitenblick. Ich sah aus den Augenwinkeln, daß er sich auf die Unterlippe biß.

»Ich weiß nicht, wie es bei dir ist«, sagte er, »aber ich habe ein verdammt mieses Gefühl.« Dann kam ein Seufzer, der mehr wie ein Stöhnen klang. »Das dauert schon viel zu lange«, fügte Wehrlein hinzu, »und wir kommen einfach nicht von der Stelle. Ich darf gar nicht an die Frau denken, dann wird mir übel.«

Ich wußte nicht, welche Frau er meinte. Aber das spielte vielleicht keine Rolle mehr.

Samstag morgen: Volle Besetzung, kein Mensch dachte an Wochenende oder Freizeit. Es war auch nicht mehr die Rede davon, daß ich von den laufenden Ermittlungen ferngehalten werden sollte. Vielleicht hatte sich Wehrlein für meine Zuverlässigkeit verbürgt. Der große Besprechungsraum füllte sich allmählich mit Zigarettenrauch. Nervosität, dieses Prickeln zwischen den Schulterblättern und in den Fingerspitzen, machte sich breit.

Ein Bericht nach dem anderen wurde vorgetragen.

Der Golf war noch gestern sichergestellt worden. Ein lohnendes Objekt für die Spurensicherung, das konnte noch dauern. Die Sitzbezüge, die Fußmatten aus dem Innenraum, Erdproben aus den Reifenprofilen. Die

Männer hatten die ganze Nacht daran gearbeitet, die Kiste auseinanderzunehmen. Ergebnisse gab es noch keine.

Maren war observiert worden. Von Godbergs Haus in die Kölner Innenstadt, ins Parkhaus, das gleiche, in dem der Golf stand. Aber Maren hatte sich von dem Fahrzeug ferngehalten. Sie war in ein paar kleineren Läden gewesen, anschließend noch im Kaufhof. Von dort aus hatte sie telefoniert, zweimal. Einen Anruf konnten wir abhaken. Den hatte ich entgegengenommen. Und was den zweiten anging, war bereits gestern die Weisung nach Hamburg gegangen, die Arbeit vordringlich auf Objekte zu konzentrieren, die über einen Telefonanschluß verfügten.

Die Identität des ›Jugoslawen‹ war immer noch nicht abgeklärt. Anscheinend war er nirgendwo polizeilich registriert. Dann eine Befragung im Gewerbegebiet, durchgeführt am gestrigen Nachmittag, hatte sie sich bis weit in den Abend hineingezogen. Man hatte sich vorerst auf die wenigen Privathäuser beschränkt. Sämtliche Arbeiter, Angestellten und Kunden der dort ansässigen Betriebe zu befragen war ohnehin nicht möglich.

Es gab zwei Aussagen, denen man Bedeutung beimessen konnte. Eine davon besagte lediglich, daß das Koska-Haus vom späten Abend des 24. März, dem Abend des Klassentreffens, bis zum 2. April bewohnt gewesen war. Die zweite Aussage, gemacht von einem älteren Herrn, der dreimal täglich seinen Hund im Gewerbegebiet spazierenführte, bestätigte das mit Ergänzungen.

In der betreffenden Woche war ihm der rote Golf mit dem Hamburger Kennzeichen auf dem Koska-Grundstück mehrfach aufgefallen. Am frühen Abend des zweiten April bemerkte er zudem einen VW-Bus, der sehr dicht bei der Haustür geparkt stand. Der Hund lief wie üblich auf das Gelände. Der Mann holte ihn zurück und bemerkte dabei zwei Männer, die aus dem Haus kamen, um etwas in den Bus zu laden. Eine Teppichrolle, deren Enden mit Kordel verschnürt waren.

## 6

Niemand sprach es aus, aber auf jedem einzelnen Gesicht war es abzulesen. Kaum noch Hoffnung für Ella Godberg. Hans Wehrlein schloß die Besprechung mit den Worten: »Wir gehen weiterhin davon aus, daß die Frau lebt. Aber wir gehen ab sofort etwas schneller, meine Herren.«

Einige nickten. Die meisten verließen den Raum, die Arbeit ging weiter. Eine kurze Diskussion unter den Zurückgebliebenen, ob Maren Koska festgenommen werden sollte. Man konnte sie vielleicht unter Druck setzen, um etwas über den Aufenthaltsort der beiden Männer oder über Ella Godbergs Schicksal zu erfahren. Ein paar fragende Blicke in meine Richtung. Ich war nahe daran, eine Zustimmung zu nicken, aber das Risiko war einfach zu groß, weil Maren doch in ständigem Telefonkontakt mit ihren Komplizen stand. Ich schüttelte den Kopf. Vielleicht eher auf die Psychotour.

Schmitz übernahm das Wort, zog sich zusammen mit Hans Wehrlein und mir in eine Ecke zurück. Sein Vorschlag war durchaus akzeptabel, Versteckspielen mußten wir nicht mehr. Also mußten wir auch nicht darauf warten, daß Maren sich wieder bei mir meldete. Ab sofort bestimmten wir das Tempo und die Richtung.

Als ich den Telefonhörer aufnahm, erschien es mir noch gut und richtig. Aber als ich dann ihre Stimme hörte, kamen leise Zweifel auf. Sie klang nicht erstaunt, verblüfft oder mißtrauisch. »Du hältst dich nicht an die Spielregeln, Konni«, sagte sie, und ihre Stimme war irgendwie gleichgültig und ein bißchen überlegen. Schmitz lauschte mit unbewegter Miene. Auch Wehrlein hörte aufmerksam zu.

»Was treibt dich denn zu solch einer Eigeninitiative? Erzähl mir nicht, es sei die Sehnsucht.« Es war kein Sarkasmus, nicht einmal Ironie, es war gar nichts.

Schmitz nickte mir zu.

»Ich bin gestern nicht dazu gekommen, mit dir über ein paar wichtige Punkte zu reden«, begann ich. »Dein Geständnis hat mir im ersten Augenblick die Sprache verschlagen.«

Jetzt lachte sie leise auf. »Aber deine Argumente waren schlagkräftig, wenn auch nicht sehr überzeugend. Sind dir inzwischen ein paar bessere eingefallen?«

»Vielleicht«, sagte ich. »Mir sind seit gestern einige Dinge eingefallen. Zum Beispiel die Frage, ob du hundertprozentig sicher bist, daß du mit heiler Haut davonkommst. Und ich meine jetzt nicht, daß dir von seiten der Polizei eine Gefahr droht. Der Strafvollzug ist heutzutage human. Aber vielleicht hält Rex mehr in Reserve als ein Klobecken.«

Sie lachte wieder. »Mach dir um mich keine Sorgen, Konni. Ich weiß genau, was ich tue.«

»Das hat schon manch einer von sich behauptet«, sagte ich. »Aber ich an deiner Stelle wäre mir meiner Sache nicht gar so sicher. Wir haben da eine häßliche Geschichte ausgegraben. Ich weiß nicht, ob du sie kennst. Aber ich würde sie dir gerne erzählen. Nicht am Telefon, es ist eine längere Geschichte.«

Es kam etwas wie ein Kichern aus dem Lautsprecher. »Lieber im Hotel? Mußt du denn nicht arbeiten? Von wo aus rufst du mich überhaupt an?«

»Ich bin im Büro«, antwortete ich. Schmitz nickte

flüchtig und anerkennend, kritzelte etwas auf einen Zettel und schob ihn mir hin. »Ich bin vorübergehend beurlaubt«, sagte ich. Und Maren lachte hell auf. »Armer Konni, das kommt davon, wenn man sich mit bösen Mädchen abgibt. Du tust mir richtig leid, weiß du das? Soll ich dich trösten?«

Sie wartete nicht auf eine Antwort, sprach gleich weiter. Ein wenig hastiger als bisher. »Machen wir es doch so. Wir treffen uns am üblichen Ort. Du erzählst mir deine Geschichte, und ich bringe dich auf andere Gedanken. Bis gleich, Konni.«

Hans Wehrlein äußerte sich nicht, nachdem Maren den Hörer aufgelegt hatte. Er schaute nur abwartend zu Schmitz hin. Der wiederum sah mich an. Und als ich schwieg, gestand er: »Ich kann dazu nicht viel sagen. Es kommt ganz auf Ihren Eindruck an. Was für ein Gefühl hatten Sie?«

Ich hatte gar keines. »Ich fand«, meinte Schmitz zögernd. »Sie klang eingangs ein bißchen mißtrauisch. Aber das ist wohl normal.« Fünf Sekunden Stille, dann wandte er sich an Wehrlein. »Versuchen wir es?« Und Hans Wehrlein nickte, wiederholte: »Versuchen wir es.«

Und anschließend genaue Instruktionen.

Bleiben Sie sachlich. Geben Sie sich offen. Zeigen Sie ruhig, daß Sie Frau Koskas Verhalten nicht gutheißen, daß Sie sich jedoch in gewisser Hinsicht verpflichtet fühlen. Versuchen Sie nicht, sie einzuschüchtern oder ihr angst zu machen. Appellieren Sie nicht an ihr Mitgefühl Ella Godberg gegenüber. Erklären Sie ihr einfach, was wir über Helmut Odenwald in Erfahrung gebracht haben. Und bringen Sie den Jugoslawen als Unsicherheitsfaktor ins Spiel. Der hat vorgeschlagen, daß sie in Godbergs Haus bleiben soll.

So ausgerüstet machte ich mich auf den Weg nach Köln, diesmal in einem Zivilwagen der Fahrbereitschaft, mit Funkkontakt zu einem Kollegen. Meine Rückendeckung, falls Maren mir eine Vertretung ins Hotel schickte. Es würde noch ein zweiter Beamter dazustoßen, sobald Maren Godbergs Haus verließ.

Das tat sie überraschend schnell. Die Anweisungen von Schmitz hatten etwa eine Viertelstunde Zeit in Anspruch genommen. Und nur fünf Minuten nach mir brach auch Maren auf. In dieser kurzen Zeit hatte sie zwei Telefongespräche geführt, die Alex Godberg gleich nach Marens Aufbruch meldete. Aber davon erfuhr ich erst später.

Maren fuhr nicht auf direktem Weg zum Hotel, stellte Godbergs Wagen wieder in dem Parkhaus ab, in dem man den Golf gefunden hatte. Anschließend schlenderte sie durch ein paar kleinere Läden. Der Kollege folgte ihr. Gab über Funk durch, was Maren gerade trieb. Sie kaufte eine Garnitur Unterwäsche. In einer Parfümerie erstand sie diverse Kleinigkeiten. Spazierte in aller Gemütsruhe zum Kaufhof hinüber.

»Sie hält ständig Ausschau nach Verfolgern. Ich kann nicht zu dicht hinter ihr bleiben«, kam es über Funk. Und die Antwort des Mannes, der eigentlich zu meinem Schutz abkommandiert war: »Ich häng' mich ebenfalls ran.« Gleich darauf die Frage an mich: »Sind Sie damit einverstanden, Herr Metzner?«

Ich hatte nichts dagegen, kurvte ohnehin nur nutzlos in der Gegend herum, eine Einbahnstraße rauf, die nächste runter. Inzwischen war Maren bereits auf dem Weg in die oberen Etagen. Ein kurzer Abstecher zur Damenoberbekleidung, dann wieder zur Rolltreppe. Ich hörte mir nur noch die Verständigung der beiden Beamten an. »Wo genau ist sie jetzt?«

»Ganz oben, bei den Videogeräten. Sie ist mißtrauisch geworden. Ich kann nicht näher ran.«

»Ich bin gleich oben.«

Und dann steuerte Maren auf einen jungen Mann zu, dessen Gesicht durch ein Fernsehgerät verdeckt wurde. Die übrige Beschreibung paßte auf den Jugoslawen, Lederjacke, dunkles Haar. Sie sprach ein paar Worte mit ihm, ging gleich weiter. Der junge Mann ging in die andere Richtung. Eine Sekunde Unsicherheit bei Marens Schatten, dann entschied er, dem Mann zu folgen. Dem Augenschein nach eine gute Wahl. Es ging hinauf zu den Toiletten und Telefonzellen. Und meine Leibgarde stand etwas ratlos zwischen Fernsehern und Videorecordern. Von Maren keine Spur mehr.

Jetzt regt euch nicht auf, dachte ich. Sie wird auf dem Weg ins Hotel sein. Und ich sollte auch dorthin, aber ich wartete noch ein paar Minuten. Lederjacke telefonierte, ließ unseren Mann so nahe an sich herankommen, daß der sogar mithören konnte. Eine Verabredung zum Abendessen. Mit einer gewissen Moni. Und die Frage, ob Moni inzwischen noch etwas von Thomas gehört hatte. Auf so was fällt natürlich kein Mensch herein, nicht wahr? Ich hätte zu dem Zeitpunkt noch jeden Eid geleistet, daß Moni in Wirklichkeit Helmut hieß und auch auf den Namen Rex hörte.

Noch zwei Küßchen in den Hörer gehaucht. »Den kauf' ich mir bei Gelegenheit«, sagte Lederjacke und verabschiedete sich. »Bis um sieben, ich hol' dich ab.«

Dann schlenderte Lederjacke ganz gemütlich ins Erdgeschoß, ins Freie, zweimal um den Brunnen herum und Richtung Domplatte. Marens Schatten blieb ihm dicht auf den Fersen, was im Gedränge auf der Hohen Straße ziemlich einfach war. Der Mann, der eigentlich meinen Rücken freihalten sollte, gesellte sich dazu, nachdem ich noch einmal mein Einverständnis gegeben hatte. Ich brauchte keine Leibwache. Was sollte mir schon groß passieren? Ich suchte mir einen Parkplatz und machte mich auf den Weg zum Hotel. Kurz vor zwölf betrat ich die

Empfangshalle. Der Schlüssel zu Marens Zimmer hing nicht am Haken, wie sich mit einem Blick feststellen ließ. So stieg ich gleich die Treppen hinauf.

Ich klopfte nicht an, das hatte ich auch bei meinen bisherigen Besuchen nicht getan. Ich drückte einfach die Klinke und erwartete, Maren am Fenster stehen oder auf dem Bett liegen zu sehen. Sie stand nicht am Fenster, lag nicht auf dem Bett. Das Zimmer war leer, nur erfüllt von Wasserrauschen. Die Tür zu dem kleinen Bad stand offen.

Nur ganz kurz dachte ich daran, mich auszuziehen und zu ihr in die enge Duschkabine zu steigen. Wirklich nur ganz kurz, dann füllte sich mein Hirn mit den Instruktionen, die Schmitz mir mit auf den Weg gegeben hatte. Es war vorbei, für immer und alle Zeit. Ich ging zum Schrank, öffnete ihn. Er war leer. Nur drei Kleiderbügel baumelten von der Stange. Im oberen Fach ein Handtuch. Ich schloß den Schrank wieder, ging zum Tisch, wollte mich hinsetzen, wollte darauf warten, daß Maren aus der Dusche kam, als mir auffiel, daß etwas nicht stimmte.

Aus dem Bad kamen immer noch die eindeutigen Geräusche. Nicht einfach nur das Rauschen. Da planschte und spritzte jemand mächtig unter den Wasserstrahlen. Aber nirgendwo im Zimmer ein Stück, das auf Marens Anwesenheit schließen ließ. Keine Tasche, nicht der Fetzen eines Kleidungsstücks. Nun gut, vielleicht hatte sie alles mit ins Bad genommen, um zu verhindern, daß ich herumschnüffelte.

Ich ging bis zu der offenen Tür. Und hinter der geriffelten Glastür der Duschkabine tummelte sich ein mächtiger Brocken. Jede Bewegung konnte ich erkennen, ein Arm, der mit ruckartigen Bewegungen nach hinten fuhr. Vor der Duschkabine lag ein Kleiderhäufchen. Hose, Hemd,

Socken, ein paar Schuhe mittlerer Größe und eine Unterhose wie ein Zweimannzelt.

Gleichzeitig mit dem elektrischen Schlag, der mir bis unter die Haarwurzeln fuhr, griff ich zur Waffe. Die Stimme wollte auf Anhieb nicht so, wie es mir lieb gewesen wäre. Zuerst mußte ich mich räuspern. Dann schlich ich zurück ins Zimmer und verschloß die Tür, um vor unliebsamen Überraschungen im Rücken sicher zu sein. Und dann erst forderte ich: »Kommen Sie raus da, Odenwald. Und schön die Hände nach oben.«

Vielleicht nicht sehr einfallsreich, aber angesichts der Lage und der Ereignisse im Kaufhof, was hätte ich da sonst noch sagen sollen? Ich hatte ziemlich laut gesprochen. Das Prusten und Schnaufen unter der Dusche wurde kurzzeitig von einem Quieken abgelöst. Die beiden Arme hinter der Glastür fuhren nach oben.

»Raus da«, wiederholte ich. Einer der Arme kam vorsichtig wieder herunter. Nein, einen Verdacht hatte ich zu dem Zeitpunkt wirklich noch nicht. Ich war mir meiner Sache ganz sicher. Selbst als die Glastür ein Stückchen weit eingeschoben wurde, von einer weißen, gut gepolsterten Hand, dachte ich nur an Rex und nicht an Schweinchen Dick. Aber dann stand es leibhaftig vor mir.

Ein schneeweißer, schwabbeliger und vor Angst zitternder Bauch, die von Fettpolstern unterlegte und vom Duschwasser leicht gerötete Brust. Ein lächerlicher Schnipsel zwischen den Beinen, den er sich nicht traute, mit einer Hand zu verdecken. Willibald Müller in Lebensgröße, wabbernd und bibbernd, mit flatternden Augenlidern und schreckstarrem Blick, ganz allmählich begreifend, wer ihn aus seinen wilden Illusionen riß und ihm den Nachmittag versaute.

»Konni!?« Mit der Erkenntnis erwachte sein Schamgefühl. Er senkte den linken Arm und legte sich die Hand schützend vor seine Männlichkeit.

Möglicherweise war es Ekel, der meine Stimme leicht kippen ließ, aber mehr war es vermutlich die Enttäuschung und das Bedürfnis zu lachen. »Zieh dich an«, befahl ich, »und setz dich. Ich bin gleich wieder da. Dann kannst du alles erklären, was dir am Herzen liegt.«

Im Zimmer gab es kein Telefon. Ich mußte hinunter in die Halle und verschloß zur Sicherheit die Zimmertür, während der dicke Müller gerade in seine Unterhosen schlüpfte. Als ich zurückkam, saß er völlig bekleidet am Tisch, starrte trübsinnig zum Fenster hin und rauchte in hastigen Zügen.

Ich setzte mich ihm gegenüber, zündete mir ebenfalls eine Zigarette an. »Bevor meine Kollegen hier sind, solltest du vielleicht versuchen, mir schon vorab eine plausible Erklärung zu liefern.«

Ich hatte am Telefon kurz erklärt, womit meine beiden Begleiter sich zur Zeit beschäftigten, damit eine leichte Hysterie ausgelöst. Nun hatten wir eine halbe Stunde Zeit, kam auf den Verkehr an. Thomas Scholl und Schmitz wollten herkommen und mir meinen Fang abnehmen. Und wenn sie erst einmal hier waren, würde ich kaum noch zum Zuge kommen. Daß von ihm großartig etwas zu erfahren war, glaubte ich selbst nicht. Ihn hier unter der Dusche zu finden war wohl nur ein Scherz, vielleicht das Abschiedsgeschenk oder die Bestätigung, daß Maren sich von niemandem hereinlegen ließ.

Müller starrte mich feindselig an und drehte seine Zigarette im Aschenbecher. »Also«, machte ich einen zweiten Versuch. »Was willst du hier, und wie bist du hereingekommen?«

Statt mir zu antworten, erkundigte er sich in listigem Ton: »Was willst du hier?«

»Einen Mann festnehmen«, sagte ich, »der bis zum Hals in einer dreckigen Geschichte steckt.«

Müller grinste. Er grinste tatsächlich, glaubte mir kein

Wort. »Welche Geschichte, Konni, die von dem Mann, der wieder mal 'nen Tritt bekommen hat?«

»Die von dem Mann«, erwiderte ich bedächtig, »der vor ein paar Monaten seine damalige Freundin zu Hundefutter verarbeiten ließ. Der seine derzeitige Flamme hier im Hotel einquartiert hat, wo sie sich die Zeit mit allerlei Spielchen vertreibt, während er sich ein bißchen als Entführer betätigt. Und es wäre wirklich besser für dich, wenn du eine glaubhafte Erklärung für deine Anwesenheit hast. Ich glaube nicht, daß meine Kollegen sehr geduldig sind.«

Ich konnte mich täuschen, aber ich meine, er wäre ein bißchen blaß um die Nase geworden. Noch ein hektischer Zug an der Zigarette. Er drückte sie aus, betrachtete fasziniert die winzigen Glutreste. »Ich hab' keine Ahnung, hinter wem ihr her seid«, erklärte er endlich. »Ich bin hier lediglich mit Maren verabredet. Sie muß jeden Augenblick kommen.«

»War sie noch nicht hier?«

Müller schüttelte den Kopf, hob ihn und warf mir einen mißtrauischen Blick zu. »Bist du wirklich dienstlich hier?«

Ich nickte nur. Müller schwieg sekundenlang, wälzte offensichtlich eine schwerwiegende Entscheidung durch seinen Schädel. Als die dann gefallen war, bekundete er: »Ich warte lieber auf deine Kollegen. Die nehmen die Sache vielleicht nicht so persönlich.« Und dabei grinste er wieder über sein ganzes aufgeschwemmtes Gesicht.

In dem Punkt irrte er sich gewaltig. Sie kamen gleich zu viert und nahmen ihn ganz schön in die Mangel. Nicht im Hotelzimmer, ab mit ihm ins Auto, von zwei Beamten mit unbewegten Gesichtern flankiert, in den Wagenfond verfrachtet. Und dann Richtung Heimat. Auf die Handschellen hatten sie verzichtet, er hielt seine Hände auch so reglos im Schoß. Sah fast aus, als betete er.

Ich fuhr hinterher.

Dann die Vernehmung in altbewährter Taktik. Schwarzmalerei, auf Entführung steht Zuchthaus, auf Mord lebenslänglich. Müller, den Ernst seiner Lage endlich begreifend, bibberte und stammelte, als stehe er bereits vor dem Erschießungskommando. Ich saß nur dabei, empfand nicht einen Funken Schadenfreude. Nach einer halben Stunde wurde es unerträglich. Mit einem raschen Blick holte ich mir Wehrleins Einverständnis, erhob mich und wollte zur Tür.

Hinter mir kam ein Winseln auf. »Konni, Mensch, laß mich doch nicht so hängen. Du weißt doch, daß ich mit der Sache nichts zu tun habe. Du weißt doch, wie sie ist. Sie hat mich dahin bestellt.«

Ich drehte mich über die Schulter zu ihm um. Er wollte vom Stuhl hoch. Schmitz legte ihm beinahe sanft die Hand in den Nacken und drückte ihn wieder hinunter.

»Warum?« fragte ich. »Einfach so, ohne jede Begründung?«

Müller senkte den Blick. »Sie wollte sich bedanken, hat sie jedenfalls gesagt.«

»Wofür?«

Wehrlein und Schmitz warteten ebenso wie ich auf die Antwort. Die kam prompt.

»Ich hab' ihr nur den Wagen geliehen. Ich brauchte ihn doch im Moment nicht.«

Die anderen wußten damit auf Anhieb nichts Rechtes anzufangen. Ich wußte es. Die Erkenntnis kam ganz plötzlich. Der VW-Bus, den unser Zeuge vor Koskas Haustür gesehen hatte, war genaugenommen ein VW-Transporter, umgebaut zum Campingwagen, ausgerüstet mit allem, was man braucht, um unabhängig durch die Lande zu reisen. Propangaskocher und Wassertank auf dem Dach. Campingklo und Schlafgelegenheit für zwei Personen.

Sie kutschierten also doch in der Gegend herum. Wahrscheinlich ohne Ella Godberg.

Vielleicht würden wir nie erfahren, wo sie die Teppichrolle gelassen hatten.

Müller wurde heimgeschickt. Und ich erfuhr von Wehrlein persönlich, daß ich gar nicht hätte telefonieren müssen. Als ich Schweinchen Dick aus der Dusche holte, war bereits ein halbes Bataillon rund um das Hotel verteilt. Nach der Mitteilung von Alex hatten sie Schlimmes befürchtet und gleich die Kölner Kollegen alarmiert. Aber die hatten draußen auf Rex und den Jugoslawen gewartet, hatten nicht auf den Fettwanst geachtet, der sich Marens Zimmerschlüssel von der Rezeption holte.

Darüber konnte man noch schmunzeln, über die zweite Nachricht, die Alex Godberg in einem Aufwasch durchgegeben hatte, verging das allerdings. Ich bin immer noch geneigt zu sagen: »Dieser Trottel.« Andererseits muß ich einräumen, daß Alex Godberg kaum eine andere Chance gehabt hatte, die ganze Zeit mit ihr unter einem Dach. Er hat nur getan, was von ihm verlangt wurde, und in all seinem Elend vergessen, uns davon zu unterrichten. Jeden Verkaufserlös brav auf den Tisch gelegt. Maren hatte immer gleich abkassiert. Eindreiviertel Million Mark, und die war jetzt weg, zusammen mit Maren.

Es war niemandem damit geholfen, Anschuldigungen zu erheben, einen Schuldigen zu suchen und zum Versager zu stempeln. Hans Wehrlein war durchaus bereit, alles auf seine Kappe zu nehmen. Aber wie unser Chef einräumte, die Polizei hatte in diesem so untypischen Fall kaum eine Chance gehabt. Natürlich hätte man Maren im Kaufhof nicht aus den Augen lassen dürfen. Insgeheim hatte doch jeder von uns damit gerechnet, daß Rex seine Angetraute über die Klinge springen ließ. Vielleicht hatte auch Maren diese Möglichkeit einkalkuliert und sich aus dem Staub gemacht, bevor die Lage kritisch werden konnte. Und wir hatten sie auch noch gewarnt.

Am späten Nachmittag kam eine weitere Nachricht von Alex. Maren hatte ihn gerade angerufen und eine Frist gesetzt für die noch fehlende Viertelmillion. Montag abend. Seine Frau sei gesundheitlich nicht in bester Verfassung, hatte sie gesagt. Und Alex könne kaum erwarten, daß man sie persönlich in ein Krankenhaus bringe. Aber diese beiden Tage würde Ella wohl noch durchhalten. Sie habe hohes Fieber und einiges andere mehr.

Aus den Symptomen, die Maren beschrieben hatte, schloß ein in aller Eile konsultierter Arzt auf Wundbrand. Die Frage, ob ein medizinischer Laie eine derart detaillierte Beschreibung davon geben könne, ohne das betroffene Glied gesehen zu haben, beantwortete er mit einem Schulterzucken. Wir schöpften wieder Hoffnung, aber es war allerhöchste Eile geboten.

Unser größtes Problem im Augenblick war das fehlende Geld. Es gab eine Möglichkeit, die Viertelmillion innerhalb kürzester Zeit zu besorgen. Schmitz hatte diesbezüglich bereits mit dem LKA verhandelt. Er griff erneut zum Telefon, um die Sache voranzutreiben. Es hieß dann, am nächsten Morgen, dem Sonntag, würde das Geld bei uns eintreffen. Wunderschöne Blüten, keine fortlaufenden Seriennummern, aber alle registriert.

Sobald die Sendung einging, sollte sie Alex Godberg ausgehändigt werden. Dann mußten wir zwangsläufig Maren den nächsten Schritt überlassen. Sie hatte noch keine Bedingungen für die Übergabe genannt.

Wehrlein und Schmitz wechselten sich am Telefon eine halbe Stunde lang ab in dem Bemühen, Alex Godberg von einer Maßnahme zu überzeugen. Frau Beske und Thomas Scholl sollten Posten in seinem Haus beziehen. Damit hätten wir endlich die Möglichkeit gehabt, ein wenig gezielter eingreifen und beraten zu können. Aber Alex lehnte ab. »Nein! Nein und noch mal nein! Ich melde mich bei Ihnen, sobald sich etwas Neues ergibt. Aber ein Risiko gehe ich nicht ein.«

Um zehn Uhr abends schickte Hans Wehrlein die halbe Besatzung heim. Ein paar Stunden Schlaf, bis morgen früh um sieben. Er selbst blieb im Büro, zusammen mit Schmitz und fünf weiteren Männern. Müllers Campingwagen war zur Fahndung ausgeschrieben. Mit der strikten Anweisung, nur eine Standortmeldung durchzugeben. Und wenn die dann aus Hamburg kam oder aus Frankfurt oder München, wollte Wehrlein auf jeden Fall ein paar Männer hinschicken. Natürlich hofften wir alle, daß der Wagen hier irgendwo in der Nähe war.

Samstag abend: Ein kleiner Imbiß und ein paar Sätze mit Hanne gewechselt. Belangloses Zeug, kein Wort über den Stand der Dinge. Noch einmal zu Olli reingeschaut, fünf Minuten auf seiner Bettkante, das friedlich entspannte kleine Gesicht betrachtet. Anschließend ins Bett und auf der Stelle eingeschlafen. Früh um halb sechs wieder raus, duschen und Frühstück. Hanne kam ebenfalls in die Küche, trank eine Tasse Kaffee und rauchte eine Zigarette auf nüchternen Magen.

Zwei Minuten bevor ich gehen wollte, begann Hanne zu sprechen: »Ich habe nachgedacht, Konrad. Es tut mir leid, was ich gesagt habe. Ich will nicht, daß unsere Beziehung an dieser Sache kaputtgeht. Ich meine, das kann jedem mal passieren. Mir auch. Mir könnte ebensogut eines Tages ein Mann über den Weg laufen, bei dem ich schwach werde. Ich sage das jetzt nur, damit du . . .«

Als ich nickte und mich erhob, brach sie mitten im Satz ab. »Wir reden später darüber, ich muß jetzt weg.«

Hanne nickte flüchtig, starrte in ihre Tasse. »Hast du sie noch mal getroffen?«

»Sie ist weg«, sagte ich. Und Hanne riß die Augen auf, erstaunt und ein bißchen entsetzt. »Und Ella?«

»Ich weiß es nicht.«

Als ich die Küche verließ, begann Hanne zu weinen.

Sonntagvormittag: keine neuen Erkenntnisse bei der ersten Besprechung um sieben Uhr. Kurz nach neun traf die Sendung aus Düsseldorf ein. Ein Stahlkoffer mit leicht abgegriffen wirkenden Geldscheinen. Anruf bei Alex Godberg, seine Erleichterung war durch das Telefon noch greifbar. Daß wir ihm Blüten lieferten, wußte er nicht. Wehrlein bestand darauf, daß zwei Polizeibeamte den Koffer zu seinem Haus brachten. Alex wäre es entschieden lieber gewesen, wir hätten ihm das Geld auf freier Strecke ausgehändigt. Darüber kam es zu einer kleinen, von Alex heftig, von Wehrlein energisch geführten Diskussion.

»Jetzt hören Sie mir gut zu, Herr Godberg. Wir tun alles, um Ihnen zu helfen und Ihre Frau zu retten.« Vielleicht ein wenig dramatisch, aber Alex war in empfänglicher Stimmung für solche Zwischentöne. »Aber wir können Ihnen nicht helfen und in keiner Weise für das Leben Ihrer Frau garantieren, wenn Sie die ganze Sache im Alleingang bewältigen wollen.«

Wehrleins Ton wechselte, wurde mild und väterlich. »Ich schicke Ihnen jetzt zwei zuverlässige Männer, und . . .«

Weiter kam er nicht. »Metzner und Becker«, fiel Alex ihm ins Wort. Schmitz verdrehte kurz die Augen, aber Wehrlein stimmte zu. »Sie haben gehört, was er sagte. Sorgen Sie dafür, daß das Geld in diesem Koffer bleibt. Es gibt überhaupt keinen Grund, es umzuräumen.«

Der Koffer war präpariert, wie und womit, wußten weder Jochen noch ich. Anzusehen war dem Ding nichts, aber es war garantiert ein Sender darin versteckt. Wenig später standen wir damit vor Godbergs Haustür. Ich hatte Alex am Mittwoch zuletzt gesehen, und ich hätte ihn fast nicht wiedererkannt. Er sah schlimm aus, nicht nur blaß und übermüdet. Er sah aus wie ein Mann, der dem Wahnsinn näher ist als allem anderen.

Er starrte Jochen an, dann mich, dann den Koffer, streckte die Hand aus. Jochen schüttelte den Kopf, schob sich an ihm vorbei in den Hausflur. »Sie müssen uns den Empfang quittieren, Herr Godberg. Und ein paar Fragen sollten Sie uns auch beantworten.«

Alex nickte wie ein Automat, ließ auch mich an sich vorbei und trat selbst einen Schritt vor. Sein Kopf flog nach rechts und links. Als er dann die Haustür schloß, murmelte er: »Das wünsche ich meinem schlimmsten Feind nicht. Man wird verrückt bei dieser Warterei.«

Alex führte uns in den Wohnraum, wie nackt das jetzt alles aussah. Parkettboden, keine Bilder mehr an den Wänden. Auf dem Schrank, daran erinnerte ich mich noch, hatte eine Uhr gestanden. Nicht einfach eine Uhr. Ein vergoldetes Gehäuse mit einem Zifferblatt von vielleicht fünf oder sechs Zentimetern Durchmesser. Darüber eine Glaskuppel mit Goldrand, in der sich eine Weltkugel drehte, um die herum Mond, Sonne, Venus, Jupiter, Mars und die anderen Planeten unseres Systems rotierten. In Miniaturausgabe, aber originalgetreu nachgebildet. Ein einmaliges Stück, ich hatte etwas Ähnliches noch nie gesehen.

Alex war meinem Blick anscheinend gefolgt. Plötzlich erklärte er ohne Zusammenhang: »Die hole ich mir zurück, das war Privateigentum. Und irgendwann bezahlen die Schweine, aber anders, als sie vielleicht jetzt noch befürchten. Die werden sich eines Tages wünschen, die Polizei hätte sie geschnappt.«

»Sie können sich vielleicht noch mehr zurückholen«,

antwortete Jochen, ohne auf die Drohung einzugehen, »sehr weit kommt Frau Koska bestimmt nicht.«

Alex lächelte vage und unterschrieb die Empfangsbestätigung. Anschließend gab er stockend Auskunft auf unsere Fragen. Maren hatte sich bisher noch nicht wieder mit ihm in Verbindung gesetzt. »Vielleicht wartet sie bis zur allerletzten Minute«, vermutete Alex bitter. »Das paßt zu ihr. Wenn die Leute nicht mehr ein noch aus wissen und sich vor Angst in die Hose machen, dann fühlt sie sich wohl. Sven hat jeden Morgen das Bett naß. Er schämt sich, obwohl ich ihm immer sage, es ist nicht schlimm. Er wagt sich nicht aus seinem Zimmer, steht den ganzen Tag am Fenster. Und er weint nicht.«

Sein Blick schweifte von Jochen zur Tür, die in den Hausflur führte, dann zurück, um an meinem Gesicht hängenzubleiben. »Wissen Sie, was das heißt, wenn ein Kind nicht mehr weinen kann?«

Und ganz unvermittelt: »Wenn sie mir Bescheid gibt, wohin ich das Geld bringen soll, rufe ich Sie an. Nur Sie, halten Sie mir die anderen vom Leib. Wenn die merken, daß ich immer noch mit der Polizei zusammenarbeite, bringen sie Ella um.«

Wir hielten es unter diesen Umständen für besser, nicht mit ihm über den Koffer zu reden. Er hätte dann garantiert sofort umgeräumt.

Dann ging das Warten los. Wehrlein schickte mich heim, kaum daß wir ihm berichtet hatten, welche Bedingungen Alex stellte. Und da saß ich dann herum. Hanne hatte Oliver für den Nachmittag einen Besuch in der Eisdiele versprochen. Ich blieb allein in der Wohnung, betrachtete das Telefon, als könne ich damit die Entwicklung vorantreiben.

Um vier ein kurzer Anruf aus dem Präsidium. Fünf Sekunden, um zu fragen, ob Alex sich schon gemeldet habe, und mitzuteilen, daß sie ihm einen Wagen zur Verfügung gestellt hätten. Sein Opel stand immer noch in Köln. Kurz darauf kamen Hanne und Oliver zurück. Um sieben aßen wir zu Abend. Um acht wurde Oliver ins Bett geschickt. Wir setzten uns ins Wohnzimmer und schwiegen uns an.

Ich war Hanne dankbar, daß sie die Warterei nicht nutzte, um unsere persönliche Situation abzuklären. Um zehn ging Hanne ins Bad, und ein paar Minuten später rief Alex an. Die Stimme einigermaßen gefaßt, den letzten Rest an Selbstbeherrschung zusammengerafft.

»Sie hat sich gerade gemeldet und war sehr erstaunt, daß ich das Geld bereits habe. Ich soll den Koffer noch diese Nacht, um Punkt fünf Uhr, in einem bestimmten Schließfach am Kölner Hauptbahnhof deponieren. Punkt fünf Uhr, hat sie gesagt.«

»Und den Schlüssel?« fragte ich.

»Von einem Schlüssel hat sie nichts gesagt.«

Ich informierte Hans Wehrlein, dann ging ich ebenfalls ins Bad. Hanne kniete in der Badewanne und spülte mit der Handbrause den Schaum von ihrem Rücken.

»Es läuft«, sagte ich.

Sonntagnacht: Gesprochen hatten wir kaum ein Wort, auch nicht miteinander geschlafen. Aber das Gefühl von Spannung klang allmählich ab. Das fühlte ich ganz deutlich. Und es war ein beruhigendes Gefühl. Vor dem Einschlafen grübelte ich noch, ob der Zeit, die Maren Alex Godberg genannt hatte, eine besondere Bedeutung beikam. Vielleicht ein Zug, der kurz vor fünf im Kölner Hauptbahnhof einlief oder kurz nach fünf abfuhr. Und der Schlüssel zu dem bestimmten Schließfach, irgendwie mußten sie doch an den Schlüssel kommen. Oder hatten sie bereits einen? Schlüssel konnte man anfertigen lassen.

Daß ich über solchen und ähnlichen Gedanken einschlief, habe ich gar nicht bemerkt. Als das Telefon klingelte, war ich im Geist immer noch bei der Sache.

Ein Blick auf die Uhr, kurz vor drei. Es war Maren. Ihre Stimme klang gehetzt. »Ich hab' nicht viel Zeit, Konni, hör mir genau zu. Du mußt mir helfen. Ich will damit nichts mehr zu tun haben. Ich wußte nicht, welche Schweinerei Rex plant. Ich wußte es wirklich nicht. Das mußt du mir glauben. Aber vielleicht kann man noch etwas retten. Ich weiß, wo die Frau ist. Ich kann jetzt nicht reden. Können wir uns treffen? Raststätte Frechen, bitte, Konni. Warte dort auf mich. Ich komme so schnell wie möglich.«

Dann war die Leitung tot. Ich war nicht dazu gekommen, großartig etwas zu erwidern oder zu fragen. Hanne saß aufrecht im Bett. Ich zog mich an, sie schaute mir schweigend zu, fragte nicht einmal, wer angerufen hatte. Sie wußte es wohl auch so.

»Sie weiß vielleicht, wo Ella ist«, versuchte ich noch etwas zu erklären, während ich die Socken überstreifte. Hanne nickte ruhig und gelassen.

»Es ist schon in Ordnung, Konrad. Wann kommst du zurück?«

»Keine Ahnung.«

»Sag mir wenigstens, wo du dich mit ihr triffst.«

Das tat ich, und Hanne nickte noch einmal. »Sobald du weg bist, sage ich Wehrlein Bescheid.«

Ich mußte zweimal schlucken, bevor ich herausbrachte: »Laß mich das alleine regeln. Wenn ich nicht allein dort bin, wird sie uns was husten. Dann haben wir am Ende gar nichts.«

Hanne schwieg dazu, warf einen Blick auf das Zifferblatt des Weckers. »Wenn du um fünf nicht wieder hier bist, rufe ich Wehrlein an, einverstanden?«

»Sagen wir, um sechs.«

Hanne seufzte zitternd und lächelte.

Raststätte Frechen. Auf dem Parkplatz standen nur drei Wagen, in keinem davon saß jemand. Maren war noch nicht im Gastraum. Ich wartete auf dem Parkplatz, mal im Wagen, dann wieder draußen. Drehte Runde um Runde, knappe drei Stunden lang, bis kurz vor sechs. Dann fuhr ich zurück.

In der Wohnung standen alle Türen offen. Die erste führte ins Kinderzimmer. Olivers Bett war leer. Ich wähnte ihn in unserem Schlafzimmer. Aber dort lag nur Hanne im Bett.

Zugedeckt bis zum Hals, die Beine unter der Decke angewinkelt und gespreizt, den Kopf zur Seite gedreht. Ihr Slip lag auf meinem Kopfkissen.

O mein Gott, nein! Ich weiß nicht mehr, ob ich es schrie, flüsterte oder nur dachte. Auf dem Nachttisch eine kurze Mitteilung. »Sie sind zu beneiden, Bulle. Um Frau und Sohn!« Daneben ein halb gefülltes Wasserglas.

Ich weiß auch nicht mehr, wie lange ich neben dem Bett stand, unfähig, die Decken fortzuziehen. Hannes Brust hob und senkte sich in flachen Atemzügen. Irgendwann begann ich, mit leichten Schlägen gegen ihre Wangen zu klopfen, schob gleichzeitig die Decken zur Seite. Auf den ersten Blick keine Verletzungen. Nur ein Fleck von Feuchtigkeit auf dem Laken. Ein großer Fleck, genau zwischen Hannes gespreizten Beinen. Sie bewegte den Kopf zu mir herüber, murmelte etwas Unverständliches.

Ich ließ sie in Ruhe und wagte mich ins Kinderzimmer, setzte mich auf Ollis Bett und legte die Hände vor das Gesicht. Hanne rückte ein wenig in den Hintergrund. Selbst durch die Finger sah ich die bunten Figuren auf dem Bettbezug. Ein Hase mit Schlappohren, ein Nilpferd, ein Elefant mit erhobenem Rüssel, als wollte er etwas in die Welt hinausposaunen. Und kein Oliver.

Man ist ganz lahm in solch einem Augenblick. Olli war gerade sechs Monate alt, als Hannes Vater tödlich verunglückte. Ihre Eltern waren zwar zu dem Zeitpunkt seit langem geschieden, verstanden sich jedoch ausgezeichnet und lebten wie ein Liebespaar, das sich regelmäßig zweimal die Woche sieht.

Hanne fuhr zu ihrer Mutter, und ich blieb allein mit Olli zurück. Bis dahin hatte ich ihm hin und wieder das Fläschchen gegeben. Jetzt war er vierzehn Tage lang völlig auf mich angewiesen. Die erste volle Windel, beschissen bis an den Nabel und den halben Rücken hinauf. Da half es nicht mehr, mit spitzen Fingern hinzufassen. Er ließ mich nicht aus den Augen, als ich ihn wusch. Da fing es an, das Vertrauensverhältnis. Papa, der starke Mann, der alle Hindernisse aus dem Weg räumen kann, der dafür sorgt, daß man sich rundherum wohlfühlte. An dessen Hand man nicht einmal vor dem großen Hund zurückweichen muß. Der das Fahrrad ohne Stützräder so lange am Sattel hält, bis man alleine damit zurechtkommt.

»Mein Papa ist Polizist.« Wenn Olli das sagte, war es intensiver, klang schwerwiegend und nach absoluter Sicherheit. Er hatte sich immer auf mich verlassen. Aber als es wirklich darauf ankam, war ich nicht da. Und jetzt saß ich auf dem leeren Bett und hätte Maren liebend gerne persönlich die Gurgel zugedreht.

Ich war so hohl im Innern. Ein großes, finsteres Loch, das sich ganz allmählich mit Furcht füllte bis zum Rand. Und alles, was über den Rand schwappte, war bereits nackte Panik. Ich versuchte noch, mich zusammenzureißen: das Vordringlichste zuerst, zurück ins Schlafzimmer, von Hanne erfragen, was genau passiert war.

Als ich erneut damit begann, gegen ihre Wangen zu schlagen, öffnete sie einmal kurz die Augen, blinzelte mich verständnislos an, schloß sie gleich wieder und murmelte: »Überhaupt kein Unterschied, wirklich nicht.«

»Was haben sie mit dir gemacht?«

Keine Reaktion, nur ein endlos langer Seufzer. Ich wiederholte meine Frage, wieder und wieder, bis Hanne endlich begriff, wer neben dem Bett stand, und antwortete.

»Nur das Übliche.« Punkt und Schluß. Ein Messer in den Eingeweiden hätte nicht schlimmer sein können. Ich dachte daran, einen Arzt zu rufen. Sie hatten ihr irgend etwas eingeflößt. Hanne drehte den Kopf wieder zur anderen Seite. Ich ging in die Küche, setzte mich an den Tisch.

Nur das Übliche!

Um sieben verständigte ich Hans Wehrlein, gab einen knappen Bericht über Marens Anruf, die Stunden auf dem Rastplatz, das leere Bett im Kinderzimmer. Dann ging ich zurück zu Hanne. Sie schlief immer noch. Doch als ich jetzt begann, sie an der Schulter zu rütteln, reagierte sie gleich, schlug die Augen auf und starrte mich mit einem Blick an, der von sehr weit her kam.

Hanne war noch nicht bereit zu reden, wollte einen starken Kaffee und ließ sich von mir in eine sitzende Position helfen. Die beiden Kopfkissen im Rücken, die Decke vor die Brust gerafft. Es tat so verdammt weh. Aber es füllte das Loch nicht. Einen wahnsinnigen Moment lang war ich überzeugt, Olli sei bei meinen Eltern. Er war dreimal im Monat bei ihnen, und dann war sein Bett natürlich leer. Aber dann war es nicht benutzt, dann lag der bunt bedruckte Bezug völlig glatt. Und auf dem Kissen war keine Delle.

Als ich mit dem Kaffee ins Schlafzimmer kam, schaute Hanne zum Fenster hin. »Ihr ratet einem doch immer dazu, kein Theater zu machen, also hab' ich keins gemacht. Er war nicht brutal, im Gegenteil. Er wollte nur wissen, ob da so ein großer Unterschied wäre, zwischen ihm und dir. Weil er sich die ganze Zeit fragen muß, was seine Frau an dir findet.«

Sie sprach leise, aber durchaus verständlich, ruhig und

gefaßt. Den Blick immer noch auf das Fenster gerichtet, nahm sie die Tasse in beide Hände und führte sie langsam zum Mund, trank einen Schluck, sprach weiter.

»Jochen rief an, kurz nachdem du weg warst. Alex hatte das Haus verlassen. Mit einem Aktenkoffer. Jochen wunderte sich, daß du nicht da warst. Und als es dann an der Tür klingelte, dachte ich, es wäre Jochen.«

Noch ein Schluck Kaffee. Hannes Stimme klang fast, als wolle sie sich bei mir entschuldigen. Ich strich ihr einmal vorsichtig über den Arm. Sie atmete vernehmlich ein und aus.

»Sie waren zu zweit, ein jüngerer war noch dabei. Rex sagte, er solle ein Auge auf den Kleinen haben, damit der nicht aufwacht. Damit ich ... in aller Ruhe ... genießen ...«

Die Tasse in ihren Händen kippte, ein Rest Kaffee ergoß sich über die Decken. Hanne achtete nicht darauf. »Er war so entsetzlich höflich und besorgt.«

Dann drehte sie mir das Gesicht zu, die Augen wie Steine. »Er hat sich wirklich sehr viel Mühe gegeben, war direkt zärtlich. Da war kein großer Unterschied. Das habe ich ihm auch gesagt. Er war sehr zufrieden und meinte, dann müsse das wohl andere Gründe haben. Gründe, die wir nicht beeinflussen könnten. Dann hat er mir das Glas ...«

Hanne schaute kurz zum Nachttisch hin, sah den Zettel, wurde steif. »Wo ist Olli?«

»Sie haben ihn mitgenommen«, sagte ich. Und erst als ich es aussprach, begriff ich es auch.

Sie hatten ihn mitgenommen.

Genügte Ella Godberg nicht mehr, oder brauchten sie einen Ersatz?

Oder wollte Rex mich an einer Stelle treffen, an der ich ihn nicht treffen konnte?

Zuerst dachte ich, ich würde verrückt werden. Stundenlang stillsitzen, nicht denken können, weil jeder Gedanke aus blutigen Fetzen besteht. Das Bild einer Teppichrolle vor Augen und gleich daneben ein rührend zartes Frauengesicht.

Und Olli.

Kleiner Gauner, hatte ich ihn oft genannt. Er war ja wahrhaftig nie einer von der stillen Sorte gewesen.

War? Eine entsetzliche Vorstellung. Warten und hoffen und beten. Ja, vielleicht auch das.

Am ersten Tag kam Hanne nicht aus dem Bett. Saß zwischen den Kissen wie eine lebensgroße Puppe. Hans Wehrlein persönlich und Schmitz kamen kurz nach meinem Anruf. Wehrlein wie immer ruhig und besonnen, Schmitz eher das Schuldbewußtsein in Person. Sie hatten doch gewußt, daß diese Schweine sich für Olli interessierten. Aber sie hatten dem keine Bedeutung beigemessen. Und jetzt wollten sie nur mit Hanne reden, aber die starrte zum Fenster. Da half kein gutes Zureden, kein Trostwort und kein Versprechen.

Hanne machte sich nicht einmal die Mühe, den Kopf zu schütteln, als Wehrlein sie fragte, ob sie lieber mit einer Frau sprechen möchte. Hanne wollte gar nicht sprechen. Und Wehrlein hielt es unter den gegebenen Umständen für besser, daß ich daheimblieb.

Und da saß ich dann wie abgeschnitten, während im Präsidium nach und nach die Hiobsbotschaften eintrudelten. Maren blieb verschwunden. Alex hatte den Koffer in dem Schließfach deponiert. Vier Männer insgesamt hielten das Fach im Auge, etliche andere hielten sich in der Nähe auf. Gut die Hälfte der Personen, die sich zu der Zeit im Kölner Hauptbahnhof herumtrieben, bestand aus Polizeibeamten. Aber es tat sich nichts. Niemand kam, um den Koffer zu holen.

Auf einem Autobahn-Rastplatz hinter Osnabrück

wurde Müllers Campingwagen entdeckt, vielmehr das, was noch davon übrig war. Er war völlig ausgebrannt. Der erste Verdacht, daß man in dem Wrack auf Ella Godbergs Überreste stoßen würde, bestätigte sich nicht. Man fand Ella Godberg am späten Nachmittag in dem schmalen, mit Buschwerk bestandenen Streifen, der sich dem Rastplatz anschloß. Sie war notdürftig im sandigen Boden verscharrt worden.

Die spätere gerichtsmedizinische Untersuchung ergab, daß Ella Godberg nach ihrer Entführung im Höchstfall noch zwei oder drei Tage gelebt haben kann. Zu der Zeit also, als ich Ollis Buch abholte, hatten sie ihr den Gipsverband bereits abgenommen. Aber die Einzelheiten erspare ich mir. Es gibt inzwischen Hinweise darauf, daß der Jugoslawe, der genaugenommen die Staatsbürgerschaft eines lateinamerikanischen Landes besaß, in seiner Heimat als Spezialist für die Verhöre unliebsamer Zeitgenossen ausgebildet und eingesetzt wurde. Er hatte sich an Ella Godberg gründlich ausgetobt.

Es glaubte nach dieser Nachricht niemand mehr daran, daß der Koffer aus dem Schließfach seinen Zweck erfüllen konnte. Man ging eher davon aus, daß sich das Spiel mit mir wiederholen würde.

Am frühen Nachmittag quartierten sich zwei Beamte der Soko in unserem Wohnzimmer ein. Das Telefon wurde präpariert. Wenig später erschien Frau Beske, brühte mehrere Kannen Kaffee auf und setzte sich mit einer davon zu Hanne ins Schlafzimmer.

Ich hatte das Gefühl, daß wir nicht mehr ganz so allein waren. Und so verrückt es klingen mag, ich hatte das dringende Bedürfnis, mit meinen Eltern zu reden. Einfach nur zu reden. Sie wußten noch von nichts, trotzdem war mir danach, ihnen zu erklären, daß Oliver nichts geschehen würde. Wenn sie es glaubten, konnte ich es vielleicht auch glauben.

Als Ersatz begann ich, meinen Kollegen sämtliche Vermutungen und Marens wahren Charakter zu unterbreiten. Und die Nacht zum Dienstag verbrachte ich auf der Couch im Wohnzimmer. Hanne wollte allein sein. Als es in der Frühe zu dämmern begann, erschien sie bei der Tür. Den alten Bademantel mit beiden Händen vor der Brust zusammenhaltend. Ein Beamter war im Sessel eingenickt, der zweite döste neben dem Telefon.

»Wenn ihr alle schlaft«, fauchte Hanne, »kann das Telefon noch hundertmal klingeln.«

Es hatte nicht geklingelt, aber Hanne ließ sich das nicht ausreden. Sie ging kurz ins Bad, dann wurde sie energisch. »Ich paß jetzt hier auf.«

Der Dienstag. Man lebt ganz automatisch weiter, ißt und trinkt, geht aufs Klo und schläft ein, wenn die Erschöpfung überhandnimmt. Man wacht auf voller Entsetzen wie Hanne, weil man glaubt, weil man fest überzeugt ist, gerade hätte das Telefon geklingelt. Es klingelte nicht. Und dann kam ein Punkt, an dem ich Rex die Hand geschüttelt und die Füße geküßt, mich bei ihm bedankt hätte, weil er so rücksichtsvoll mit Hanne umgegangen war.

Ich verstand plötzlich Alex, und ich wußte bereits in der Nacht zum Mittwoch, daß ich nicht so lange durchhalten würde wie er.

Mittwoch morgen. Um sechs erschien die Ablösung für die beiden Beamten. Jochen und Thomas Scholl. Es wurde persönlicher. »Immer noch nichts?« fragte Jochen. Und Thomas Scholl meinte: »Die lassen sich Zeit, das hat schon einmal funktioniert.« Frau Beske, sie war am Vorabend heimgefahren, stieß kurz vor halb sieben wieder zu uns. Hanne verließ den Sessel neben dem Telefon nur einmal, um ins Bad zu gehen. Sie blieb zehn Minuten, und obwohl wir uns im Wohnzimmer unterhielten, obwohl in der Küche die Kaffeemaschine mit beträchtlichem Lärm vor sich hin blubberte, hörte ich Hannes Würgen und Schluchzen. Ich wollte ebenfalls ins Bad. Frau Beske hielt mich zurück.

Wir warteten weiter, spekulierten darüber, woher ich zwei Millionen nehmen sollte, falls Rex sich noch einmal auf eine runde Summe festlegte. Jochen und Thomas Scholl waren überzeugt davon, daß Maren sich mit dem Geld abgesetzt hatte. Es half ein bißchen über die Leere hinweg, sich in Maren hineinzudenken. Mein Anruf, die deutliche Warnung, dann das Spiel, das sie im Kaufhof getrieben hatte, um unsere Männer abzuschütteln. Sorgfältig durchdacht das Ganze. Aber der Anruf von Sonntagnacht paßte nicht ins Bild. Maren mußte zumindest noch mit Rex in Kontakt stehen, um mich in seinem Auftrag aus der Wohnung zu locken. Warum? Was um alles in der Welt wollten sie von Olli?

»Das eine schließt das andere nicht aus«, sagte Jochen. »Vielleicht hat sie den Anruf nur übernommen, damit auch Rex auf seine Kosten kommt. Und dafür muß sie sich nicht mit ihm getroffen haben. Sie haben die ganze Zeit nur telefoniert.«

Am frühen Nachmittag war es vorbei. Das, worauf wir alle so inbrünstig hofften, geschah endlich. Das Telefon schlug an. Zweimal klingeln lassen. Hannes rechte Hand schwebte zitternd über dem Hörer, sie preßte die Augen fest zusammen, nahm ab.

Es war nicht Rex oder der Jugoslawe. Es war auch nicht Maren, sondern ein Polizeiposten an der niederländischen Grenze. Autobahnpolizei. Und als ich sah, wie Hanne zusammenzuckte, wurde mir übel.

Aber wir hatten Glück gehabt. Oder Olli einen Schutzengel. Eine halbe Stunde vorher hatte ein Autofahrer gemeldet, daß auf der rechten Standspur ein kleines Kind mutterseelenallein mit den vorbeifahrenden Wagen um die Wette lief.

Eine halbe Minute lang hörte Hanne schweigend zu, dann überschlug sich ihre Stimme. »Geht es dir gut, mein Schatz? Wir sind gleich bei dir. Ja, Papa auch. Ich muß mich nur schnell anziehen. Haben sie dir nichts getan?«

Frau Beske nahm ihr den Hörer aus der Hand und reichte ihn an mich weiter. Hanne sackte in sich zusammen, weinte hemmungslos. Ollis Stimme, ohne Zweifel, atemlos und überschäumend, begierig, das wahnsinnige Abenteuer zu schildern, in allen Einzelheiten, sofort, auf der Stelle. Während Hanne ins Bad lief, halb schluchzend, halb lachend, sich noch im Laufen den Bademantel von den Schultern riß, ungeachtet der beiden fremden Männer in unserem Wohnzimmer, erklärte Olli: »Weiß du, was sie immer zu mir gesagt hat, Papa? Kleiner Konni, hat sie immer gesagt. Sie hat mir auch was geschenkt, rate mal. Zwei Stück, für Sven auch einen. Und eine Hose hat sie mir gekauft, ich konnt' ja nicht immer den Schlafanzug anlassen.«

Er saß brav neben einem älteren Beamten hinter dessen Schreibtisch. Einen Löffel in der Hand, vor sich ein Joghurt. Und neben sich auf dem Stuhl zwei Plüschtiere, die er mit den Ellbogen gegen den Körper drückte. Wir hatten die Tür noch nicht hinter uns geschlossen, da hielt er sie bereits beide in die Luft, wedelte sie herum, strahlte uns an. »Guck mal, Papa. Wer ist das? Und das?«

Er lachte über das ganze Gesicht, Joghurtreste in den Mundwinkeln. »Das ist Littlefoot.« Damit war das Tier in seiner rechten Hand gemeint. »Und das ist Cera. Guck, sie hat drei Hörner.«

Hanne riß ihn vom Stuhl hoch, drückte und küßte ihn, bis ihm die Sache vor all den Zuschauern peinlich wurde. Olli trug eine nagelneue Jeanshose und ein ebensolches Sweatshirt mit aufgedrucktem Motiv. Noch ein Littlefoot. An den Füßen seine Pantoffeln, keine Strümpfe, das konnte man von Maren auch nicht erwarten. Während Hanne sich mit ihm in einen Nebenraum zurückzog, hörten Jochen, Thomas Scholl, Frau Beske und ich uns an, was Oliver bisher von sich gegeben hatte.

»Ganz schön aufgeweckt für einen Fünfjährigen«, bemerkte der ältere Beamte als Einleitung. Zuerst einmal Name, Adresse und Telefonnummer genannt, dann der Hinweis: »Mein Papa ist auch Polizist, aber so einen Anzug hat er nie an.«

Oliver sei nicht verstört oder verschreckt gewesen, als man ihn auf der Standspur aufgriff. Ein bißchen erleichtert, weil er schon befürchtet hatte, er würde die Polizei ohne fremde Hilfe nicht finden und am Ende nicht ausführen können, was Maren ihm aufgetragen hatte.

»Bleib immer an der Seite. Lauf zur Polizei und sag deinem Papa einen Gruß von mir. Sag ihm, so weit wollte ich gar nicht gehen.«

Maren hatte noch mehr gesagt, aber daran erinnerte sich Olli erst im Laufe der nächsten Tage. Da kam es dann bröckchenweise und mußte erst richtig eingeordnet werden.

»Wir müssen hier weg, Kleiner. Sonst werden wir zu Hackfleisch verarbeitet.« Das war so ziemlich das letzte, und es fiel ihm ein, als Hanne ein Pfund Rinderhack für das Abendessen am Freitag vorbereitete.

Noch während wir uns mit Olli auf den Heimweg machten, lief bundesweit die Fahndung an. Und Rücksichten mußten keine mehr genommen werden. Olli mühte sich nach Kräften ab, uns den gesamten Ablauf der letzten Tage zu berichten. So bekamen wir zumindest eine vage Vorstellung. Daß sie in allen Punkten den Tatsachen entspricht, möchte ich nicht beschwören. Aber es gibt doch einiges, was sich beweisen läßt.

Oliver wurde zuerst in einer Limousine, anschließend

vermutlich in Müllers Campingwagen fortgebracht. Aufgrund des Geruchs, den Olli mehrfach erwähnte und auch zu beschreiben versuchte, kann man davon ausgehen, daß sich Ella Godbergs Leiche zu diesem Zeitpunkt noch im Wagen befand. Sie brachten Olli in ein leerstehendes Haus, sperrten ihn in ein Zimmer, dessen einziges Fenster vergittert war. Dort blieb er bis zum späten Abend, ohne daß sich jemand um ihn gekümmert hätte. Keine Nahrung, kein Wasser, keine Toilette.

Gleich nach der Ankunft fuhr der Campingwagen wieder ab, ob mit einem oder mit beiden Männern ist nicht geklärt. Oliver wagte nicht, sich irgendwie bemerkbar zu machen, weil der kleine Mann ihm gedroht hatte: »Einen Mucks, und ich schneid' dir die Gurgel durch.«

Am späten Abend hielt ein Auto beim Haus. Oliver hörte die beiden Männer miteinander reden. Kurz darauf muß auch Maren eingetroffen sein. Es kam zu einem Streit, bei dem Maren eingangs erklärte, sie habe keine Lust mehr gehabt, noch länger ihren Kopf hinzuhalten. In dem später mehrfach der Ausdruck ›zimperlich‹ fiel. Maren soll ihn benutzt haben. »Ich bin nicht zimperlich.« Offensichtlich wurde über Olivers weiteres Schicksal verhandelt, und Maren war mit den Plänen der Männer nicht einverstanden.

Sie versorgte Olli notdürftig mit Limonade und den Resten einer Mahlzeit. Dann wurde die Tür wieder geschlossen. Oliver schlief ein und wurde irgendwann in der Nacht von Maren geweckt. Sie brachte ihn hinaus zu einem Wagen, hob ihn in den Kofferraum, wies ihn an, sich hinzulegen und still zu sein. Sie fuhr jedoch nicht gleich los, ging erst noch einmal zurück ins Haus und blieb dort auch längere Zeit.

Wann genau Maren abfuhr, kann Olli nicht einmal schätzen. Es dauerte eben lange. Irgendwo auf freier Strecke holte Maren ihn zu sich in den Wagen. Allerdings mußte er sich vorerst noch auf den Boden im Wagenfond legen. Sie hielt nach einer Weile wieder an, erklärte, daß sie bald zurückkomme, und ermahnte ihn, keine Dummheiten zu machen.

Bei dieser Gelegenheit tätigte Maren ihre Einkäufe, besorgte auch Lebensmittel. Oliver wurde umgezogen und erkannte, daß sie sich in einem Parkhaus befanden. Maren ging noch mit ihm zur Toilette, dann fuhr sie weiter. Die beiden Plüschtiere schufen bei Olli eine Art Vertrauensbasis. Er erkundigte sich, ob Maren ihn heimbringe. »Das geht nicht so einfach«, war die Antwort.

Warum Maren, wie sie zu Oliver im Laufe der Irrfahrt kreuz und quer durch die Republik sagte, für ihn Kopf und Kragen riskierte, werde ich nie erfahren. Fragen kann man sie nicht mehr. Ebenso kann man sie nicht mehr fragen, warum sie von einer Telefonzelle aus noch einmal Kontakt zu Rex aufnahm, sich anschließend mit Olli für einige Stunden in ein kleines Café setzte und in aller Seelenruhe auf die Ankunft der beiden Männer wartete.

Rex kam an den Tisch, der Jugoslawe wartete draußen. Maren ging mit Rex hinaus zu ihrem Wagen, holte mehrere Tüten aus dem Kofferraum, die Rex mit einem Lächeln in Empfang nahm. Die beiden Männer blieben draußen. Maren kam zurück an den Tisch, bestellte sich noch einen Kaffee und für Olli einen Eisbecher. Den er jedoch nicht ganz leeren konnte, weil Maren plötzlich feststellte: »Wir müssen hier weg, Kleiner. Sonst werden wir zu Hackfleisch verarbeitet.«

Sie nahm Oliver bei der Hand und ging mit ihm zum Wagen. Sie ließ ihn auf dem Beifahrersitz Platz nehmen, schloß die Tür und sprach noch ein paar Worte mit den beiden Männern. Dann fuhr sie wieder los. Fuhr auf direktem Weg zur Autobahn, fuhr irgendwann auf die Standspur, öffnete die Beifahrertür, schob Olli aus dem Wagen, nahm sich sogar noch die Zeit, ihm die Plüschtiere zu reichen und die letzte Weisung mit auf den Weg zu geben. Und dann brauste sie los.

»Mensch, Papa, das glaubst du nicht, wie schnell die Frau gefahren ist.«

Ob Maren verfolgt wurde, darauf hat Olli nicht geachtet, er war vollauf damit beschäftigt, die Polizei zu suchen, von der er nicht wußte, wo er sie finden konnte.

Maren wurde zwei Tage später gefunden, im Keller einer hochherrschaftlichen Villa, die sie als Maklerin in ihrem Angebot führte. Sie war übel zugerichtet, schlimmer noch als Ella Godberg. Ich habe die Berichte gelesen, aber vorstellen kann ich es mir nicht, will ich auch nicht. Im Einbruchsdezernat hat man nicht viel mit Leichen zu tun. Und wenn ich an Maren denke, sehe ich sie so vor mir wie bei unserem letzten Treffen im Hotel. Und dann überkommt mich immer noch ein leichtes Zittern.

Bezüglich dieser Villa bekamen die Hamburger Kollegen einen Hinweis von einem aufmerksamen Nachbarn. Helmut Odenwald hatte sich dort häuslich eingerichtet. Er wurde verhaftet. Der Jugoslawe, dessen Identität letztlich doch noch ermittelt werden konnte, kam beim Schußwechsel mit der Polizei ums Leben. Angeblich hat er die beiden Frauen auf dem Gewissen. Wie auch zuvor schon die Prostituierte, in dem Fall will Rex nur den Auftrag erteilt haben. Anschließend haben sie sich aus den Augen verloren, behauptet Rex jedenfalls, trafen sich zufällig in Köln, wo der Jugoslawe ihm von den Reichtümern im Hause Godberg erzählte.

Es gibt einige Dinge, die wir nie mit Sicherheit wissen werden. Ob Maren von Ella Godbergs Tod wußte, ist nur eines davon. Ich möchte es eigentlich nicht glauben, immerhin hat sie für Olli wirklich Kopf und Kragen riskiert und verloren. Und eindreiviertel Million.

Die Summe konnte zum allergrößten Teil sichergestellt

werden und wurde an Alex Godberg zurückgegeben. Er hat das gar nicht richtig wahrgenommen.

Wir haben bislang nicht erfahren, ob der Einbruch bei Godberg der Auslöser für einen Plan oder bereits der erste Versuch zur Durchführung war. Jochen tippt auf die erste Möglichkeit, ich eher auf die zweite. Es spielt eigentlich keine Rolle mehr. Vielleicht werden wir die Wahrheit im Prozeß erfahren. Mir graut ein bißchen davor, wenn alles noch einmal aufgewärmt, wenn meine Rolle in dem schäbigen Spiel vor der Öffentlichkeit breitgewalzt wird. Und das wird sie.

Hanne will, wenn es soweit ist, für ein paar Wochen zu ihrer Mutter fahren, um dem Rummel zu entgehen. Vielleicht auch, um sich Gedanken über unsere Zukunft zu machen. Wenn wir beide denn eine Zukunft haben sollten.

ENDE